IRMGARD ROSINA BAUER

Muttl auf Reisen

AF237367

Zur Autorin:

Irmgard Rosina Bauer ist 1956 in München geboren »und nicht davon weggekommen«, wie sie selbst über ihre Verwurzelung mit München sagt, wo sie heute noch wohnt. Umso mehr probiert sie mit Begeisterung neue Landschaften, Länder und Städte auf Reisen aus, um immer wieder zurückzukehren. Nachdem sie nach ihrem Studium der Erziehungswissenschaften in mehreren Berufen gearbeitet hatte, erfüllte sie sich zu ihrem sechzigsten Geburtstag einen alten Wunsch: als Autorin zu arbeiten und Bücher zu schreiben über das Leben und übers Reisen und über Lebensreisen. Mit dem vorliegenden zweiten Band von *Rosis Reiseerzählungen* bringt sie ihr viertes Buch heraus. In fünf Kurzgeschichten veranschaulicht sie humorvoll und einfühlsam, wie sich das Verhältnis Mutter – erwachsene Kinder zwangsläufig ändern muss. Was könnte das besser aufzeigen als gemeinsames Reisen?

Viele Fotos und Hintergrundinformationen finden Sie auf
www.irmgardrosina.de

Folgen Sie Irmgard Rosina Bauer auch auf
Instagram
Facebook
Twitter
YouTube

IRMGARD ROSINA BAUER

Muttl auf Reisen

EINE MUTTER LERNT BEIM REISEN MIT UND ZU IHREN ERWACHSENEN KINDERN DAS LOSLASSEN

Rosis Reiseerzählungen Band 2

**Bibliografische Information der
Deutschen Nationalbibliothek**
Die Deutsche Nationalbibliothek verzeichnet
diese Publikation in der Deutschen Nationalbiografie;
detaillierte bibliografische Daten sind im Internet
über http://dnb.d-n.de abrufbar.

Projektmanagement:
Pageturner Production GmbH
www.pageturnerproduction.com
Umschlaggestaltung: Sania Haschemi,
nach einer Idee von zero.media.net, München,
und Raphael Rodrigo Pfeiffer Novelli
Autorenfoto: Kitty Fried, Neubiberg
Buchsatz: Peter Kortz-Frankemölle
Lektorat: Marek Firlej
Korrektorat: Andrea Durst

Herstellung und Verlag: BoD – Books on Demand,
Norderstedt

ISBN: 978-3-7543-3098-2

Für Hannes

Inhalt

Vorher

Seit meine vier Kinder aus dem Haus sind, reise ich gerne.

Als meine vier Kinder noch klein waren, war das Reisen mit höchstem Aufwand verbunden. Da war es eher mein Mann, der gerne neue Orte entdeckte, während ich mir wünschte, immer an denselben Ort zu fahren. Dorthin, wo ich wusste, wie weit der nächste See war und ob die Kinder schon allein dorthin konnten, ob die Küche mit einem »Fläschchenauskocher« ausgestattet war, ob das Zimmer ein Reisebettchen hatte und wie groß dieses war, mit Kissen oder ohne, ob mein Kleines darin schlafen würde oder nicht und ob – ob – ob …

Mama bleibst du dein Leben lang. Und wenn die Kinder groß sind, liest man überall: Du musst die Kinder loslassen. Doch das Kümmer-Gen ist in uns angelegt. Immer soll es dem Kind gutgehen. Es soll immer lachen, am besten nie weinen, denn dem zuzusehen, hält Mama kaum aus. Da muss Mama durch und findet hoffentlich tröstende Worte. Auch dann noch, wenn die Kinder groß sind und Liebeskummer haben, wenn es mit dem Führerschein nicht beim ersten Mal klappt, wenn das erste Auto einen Motorschaden hat. Auch dann noch, wenn sie ihre Arbeitsstelle verlieren, wenn eine Beziehung zerbricht, wenn der Geldbeutel gestohlen wurde oder sie betrunken aus dem Club heimkommen wollten, aber in der S-Bahn eingeschlafen sind und im S-Bahnhof-Nachtquartier landen und das Handy gerade kein Guthaben aufweist.

Mama bin ich, ob ich zu Hause bin oder wegfahre. Ob auf Reisen oder am Herd. Immer denke ich an die Kinder. Sind sie versorgt? Geht's ihnen gut? Wo und wann braucht man mich? Manchmal aber auch so: Ich will nur noch weg. Hoffentlich braucht man mich nicht.

Und dann wieder: Ich habe eine Reise im Wohnmobil geplant – und dann kommt: »Mama, kannst du mir den Kleinen für eine halbe Woche abnehmen?« Klar kann ich. Und verschiebe die Abfahrt.

Sind wir Mamas noch zu retten? Nur dann, wenn wir trotzdem verreisen. Dann eben zusammen mit den Kindern wegfahren. Mit einzelnen Kids, im Paar, mit allen zusammen. Selbst dann, wenn sie schon selber aus ihrem Berufsalltag angereist kommen können. Welch ein Glück fühlt Mama in dem Moment, wenn sie alle beisammen sind! Es geht sogar ohne ihre physische Anwesenheit – dann eben mit den Gedanken an sie im Gepäck.

Ich liebe das Reisen. Ich gönne es mir. Und erlebe dabei die aufregendsten Dinge. Vor allem, wenn ich mit ihnen unterwegs bin, den Kindern, die mich mutiger machen, als ich es alleine wäre. Es ist und bleibt spannend mit den Kindern!

Und wieder, während ich hier an diesem tollen und abwechslungsreichen Strand sitze, fällt mir ein: Ich habe ja den Kindern noch gar nicht geschrieben, wie es mir geht und wie schön es hier ist. Dabei bin ich schon eine Woche hier. Jetzt aber schnell eine Nachricht verfasst und gesandt! Schließlich sollen meine Kids immerdar wissen, wo ich bin und wie sie mich erreichen können, falls sie mich, ihr Muttl, brauchen.

Wo ist hier eigentlich der Horizont?

Muttl ante portas

Mein Sohn Raffael, zu dem ich unterwegs bin, ist sechsundzwanzig. Er hat im Juni seinen sicheren Job an den Nagel gehängt und für denselben Termin seine Wohnung in München gekündigt. Für gesparte tausendfünfhundert Euro hat er einem Rentnerehepaar einen ausgebauten VW-Bus abgekauft. Das Paar war bereits dreißig Jahre damit unterwegs gewesen. In diesem wohnt er jetzt. Raffael, der Alleinreisende, ist stolz auf seine Errungenschaft: Er empfindet sein Auto als Luxusobjekt, denn der Bus ist praktisch ausstaffiert für den Gebrauch durch zwei Personen.

Nachdem er im Sommer die Festivals Deutschlands abgefahren hatte, fürchtete er nun den bevorstehenden Winter. In Südspanien aber sei gut überwintern, hatte er von anderen Festivalmobilisten erfahren.

Die letzten Tage vor seiner Abreise stand Raffael mit seinem Bus in unserer Straße. Er genoss noch mal Dusche und Mamas Küche. Aber schlafen wollte er nur in seinem Bus!

Besorgt horchte er auf, wenn der Wetterdienst von Schneefall berichtete. Er besaß keine Winterreifen, hatte aber einem jungen Mann eine Mitfahrgelegenheit angeboten, der erst ab erstem November abkömmlich war.

Und nun ist er weg, der Bub. Puh. Ich dürfe mir keine Sorgen machen, hat er gesagt. Und doch habe ich mir, ohne es ihm zu erzählen, sein Autokennzeichen notiert. So, als ob ich damit eine Adresse von ihm hätte, als ob ich etwas Handfestes bräuchte, um meine Schreckensszenarien zu entkräften. Er meldete sich nach einer Woche, zwei Worte genügten ihm per Kurznachricht: *Gemütlich angekommen.* Um Kosten zu sparen, hat er inzwischen seinen Handyvertrag gekündigt, auch die Krankenversicherung, alles. Erst zu Weihnachten kam wieder eine kurze SMS, von spanischer Nummer: *Ich vermisse euch so! Ihr könnt mich nur noch unter folgender Nummer erreichen: 0034 ...* Ja, nur nicht aktiv telefonieren! Sein Geld soll noch ein paar Monate reichen.

Als ich ihn anrief, fiel es mir schwer, ihn meine heftigen Besorgnisse nicht spüren zu lassen. Einfach

Raffael ist stolz auf seinen Bus, der älter ist als er selbst. »Aber genauso gemütlich!«, sagt er.

nur »Frohe Weihnachten!«, wünschte ich ihm und fragte: »Bub, wo bist du?«

Als er mir seinen Standort mitteilte und mir versicherte, er würde sich ehrlich über meinen Besuch freuen, war mein nächster Akt: Buchung! Málaga. Sofort, noch am zweiten Weihnachtsfeiertag. Für den Zeitraum vom achten bis zum neunzehnten Januar. Das passte mir in meine Auftragssituation als Freiberuflerin – und in meine Sehnsucht als Mama. Málaga. Das liegt an der südlichen Mittelmeerküste Spaniens. Mehr weiß ich dazu nicht.

Und nun? Ich freue mich kindlich oder vielmehr

mütterlich auf Raffael. Einen Ausflug nach Gibraltar wolle er mit mir machen, hat er mir bei meinem zweiten Anruf vorgeschlagen, von dort mal für ein paar Tage rüber nach Marokko. Mit mir in den Bergen wandern gehen wolle er, in der Sierra Nevada. Die Alhambra in Granada wollen wir besichtigen. Bei ihm im Bus dürfe ich schlafen und darin die Infrastruktur der modernen Hippies am eigenen Leib erfahren.

Raffael holt mich pünktlich am Flughafen Málaga ab. »Der erste Stress seit zwei Monaten«, erklärt er mir. »Ein Termin! Musste schon früh aufstehen«, sagt er, »mich so organisieren, dass ich den Dienstag nicht verpasse und auch noch pünktlich am Nachmittag um zwei Uhr am Flughafen bin. Das kostet Nerven! Und Stunden!« Ich nicke lächelnd. Schließlich komme ich aus dem Arbeitsalltag. Ich weiß, wovon er spricht.

Er weist meinem Köfferchen einen Platz im Bus zu. Und nun Richtung Osten oder Richtung Westen losfahren?

Jetzt, bei ihm im Bus sitzend, amüsiert mich diese Frage. Nicht an einen festen Anlaufpunkt, sondern direkt in ein bewegliches Objekt bin ich gekommen. So geht Freiheit! Wir beschließen, von Málaga erst nach Westen zu fahren und dann einfach mal zu sehen.

Raffael versorgt uns mit frischem Wasser aus den Bergen. Als Trichter in den Wassertank verwendet er eine abgeschnittene Plastikflasche.

Zwei Tage später ist Donnerstag und zufällig mein Geburtstag. Ich sitze neben Raffael in meinem Bett im Bus, mit dem wir auf einem kostenlosen Wohnmobil-Stellplatz stehen. Wenn ich vorne aus dem Fenster schaue, sehe ich, wie gerade die Sonne über dem Mittelmeer aufgeht. Wenn ich aus dem rechten Fenster blicke: den Felsen von Gibraltar. Genau so war er im Erdkundebuch der siebten Klasse abgebildet. Unerreichbar war das alles damals für mich. Gibraltar, Afrika, Mythos!

Und auch das gefällt mir: vorgestern noch Schnee im kalten München, heute kurze Hose und T-Shirt.

Ich bin glücklich, dass ich hier sein darf. Mit Raffael ist es so einfach: Bedürfnisse klären, Absprachen treffen und los. Er geht verantwortungsvoll mit sich um, bemerke ich erleichtert. Er weiß, was er will, sagt, was er denkt, und ich – das bilde ich mir zumindest ein – ebenfalls, sodass wir immer schnell zu einem Konsens kommen. Und wenn es mal nicht schnell klappt: Wir haben den wunderbaren Luxus *Zeit*. Würdige Umstände für einen siebenundfünfzigsten Geburtstag!

Zu meinem Geburtstag unternehmen wir den spannenden Besuch von Gibraltar: Hier wohnen tatsächlich Briten, man spricht Englisch, man bezahlt in englischen Pfund, es gibt die typisch englischen Geschäfte, die Namen tragen wie Bryan Mackintosh Ltd. – und die kleinen Krämerläden und Kioske heißen tatsächlich »Grocery«. Rote Telefonzellen wie aus dem Bilderbuch stehen an exponierten Stellen, die Kinder tragen Schuluniform.

Auf kleinen Seitenstraßen ab von der Main Street geht es hinauf in die Felsen, die Upper Rocks, und über Treppen, die an ihren großflächigen senkrechten Zwischenräumen mit dem Union Jack bemalt sind. Die üppige Januar-Vegetation lässt einige Durchblicke frei, sodass wir unten auf dem Meer die großen Handelsschiffe mit ihren Waren herbei- oder wegziehen sehen. Am Horizont im Süden das Atlasgebirge. Afrika! Wir nehmen die Treppe, die neben der Cable Car nach oben führt – und dort oben erleben wir eine weitere Überraschung: Fünf, zehn, zwanzig, Hunderte von Affen tummeln sich da ganz unbefangen vor unseren Augen, als ob wir nicht mitten in Europa wären!

Da sitzen sie, liebkosen ihre Kleinen, ziehen sich possierlich gegenseitig Flöhe aus dem Fell, streicheln sich oder rempeln sich an, um gemeinsam den Felsen hinunterzuspringen und sich zu balgen. Sie springen über die alten Befestigungsmauern, über die Felsen, hocken zu acht und zu zehnt und zu zwölft auf der Asphaltstraße, wo die wenigen Autos, die bis zum Gipfel fahren dürfen, wegen ihnen dies sehr langsam und vorsichtig tun müssen. Ein Schauspiel, dem wir gebannt vom Straßenrand aus folgen, vor uns das Meer, hinter uns das Meer und dahinter die Silhouette des Atlas-Gebirges. Die Informationstafel bezeichnet sie als Berberaffen. Der größte reicht mir bis zur Hüfte, der kleinste ist klein wie ein junges Kätzchen. Wir bleiben, bis uns der kühle Wind zum Abstieg bewegt.

Die Felswände sind bewachsen von spitzen Agaven und von Kakteenfamilien mit tellergroßen Kakteenkindern. Bananenstauden und haushohe Gummibäume säumen den Weg. Eine SMS nach der anderen klingelt bei mir herein. »Ach ja, da war doch was«, sagt Raffael lächelnd. »Noch mal alles Gute zum Geburtstag!«

Raffael hat alles gegeben, um meinen Geburtstag schön zu gestalten. Nicht, dass ich das erwartet hätte – ihm selbst war es ein großes Anliegen, er sprach augenzwinkernd von der großen Verantwortung, die er seinen Geschwistern gegenüber habe. *Muttl, was möchtest du hier sehen, Muttl, was möchtest du dort unternehmen? Muttl, sag, was du willst, ich erfülle es dir. Ist dir ein Standplatz direkt am Meer lieber als auf der Anhöhe?* Schwuppdiwupp, schon hatten wir am Abend einen Platz am Meer gefunden – obwohl ihm, wie er sagte, das Meer zu laut ist. Und was für einen Platz!

Eine Flasche besten Cava hatte Raffael mir in einem kleinen Laden gekauft, und er leistete uns einige Scheiben von einem viele Monate gereiften *Jamón,* die der Inhaber des Lädchens mit einem langen, schmalen, scharfen Messer sachte und mit großer Konzentration von dem im *Jamonero* eingespannten Schweinebein abteilte. Dazu ein frisches Weißbrot und eine Handvoll Oliven, was braucht es mehr?

Seinen Klappsessel legte mir Raffael mit seinem großen, zotteligen Schaffell aus, damit ich es schön warm hätte bei meinem Blick aufs Meer, während er im Wagen den Tisch bereitete – die drei Tomaten vom Vortag in exakt gleichmäßige Achtel geschnitten, die Oliven ins Schälchen, den Rest *Manchego* in mundgerechte Brocken gespalten, und dann, *salud!,* aus Kaffeetassen den Cava getrunken. Nicht zu vergessen, das alles bei Kerzenschein aus dem silbernen Kandelaber aus Mamas Altbeständen – von wegen spanische Wildnis!

Raffael zeigte mir Fotos von seinen Aufenthalten in den Hippie-Kommunen, die er kennengelernt hatte. Ich zeigte ihm Fotos von der Familie im vergangenen Jahr, in dem auch er bei einigen Zusammenkünften noch dabeigewesen war.

Und am Abend beim Einschlafen genoss ich mit weit offener Tür vom Bett aus den Ausblick auf den Sternenhimmel über dem Meer, wo parkende Schiffe mit ihren Lichtern den nächtlichen Horizont bildeten. Rechts von uns schloss das Felsengebirge das Panorama ab.

Am nächsten Morgen um halb neun, als ich vorsichtig den Kopf aus dem warmen Bett ans Fenster hebe, um wegen der nächtlichen Kühle nur ja keinen einzigen Bettzipfel zu verrutschen, sehe ich, wie soeben die rote Sonnenscheibe vollständig rund und klar direkt über dem Horizont erstrahlt. *Wow*, denke ich mir, *was ich doch für ein Glückspilz bin.*

Der Kaffee und Tee haben schon gewirkt, bald werde ich ins Wintermeer steigen, um mich der Flüssigkeit wieder zu entledigen. Doch muss das Meer wohl sehr kalt sein, male ich mir aus, brrr! Und danach noch mal ins warme Bett schlüpfen, mit dem wohligen Saunaeffekt? Das wären doch wunderbare Aussichten – doch wie kann ich mich endlich tatsächlich dazu aufraffen …? Aber bald schickt mich ganz einfach das dringende Bedürfnis hinaus in den kühlen Morgen.

Ein paar Tage später. Ich sitze noch beim Bettfrühstück im Wohnbus. Zugedeckt mit einer Schafwolldecke von meiner Mutter, die Raffael, der moderne Naturfreak, seiner Oma abgeluchst hat und die sie aus der Zeit herübergerettet hat, als es außer Naturmaterialien gar nichts anderes gab. Die meine Mutter aus selbst geschorener Schafwolle hat verarbeiten lassen, als ich noch ein kleines Kind war und als sie noch als Tierpflegerin an der Tier-Uni in München gearbeitet hat. Ich kann mich noch erinnern, wie die geschorene und gekämmte Schafwolle in allen Zimmern zum Austrocknen ausgebreitet war und das ganze Haus mit dem speziellen Geruch erfüllt hat. Also vor gut fünfzig Jahren. Wie zeitgemäß doch meine alte Mutter mit ihren Schafwolldecken inzwischen wieder ist, indem sie nicht auf den Zug mit den Kunststoffdecken der letzten Jahrzehnte aufgesprungen ist.

Schön warm hält mich diese Decke auch heute wieder, denn nachts und auch morgens noch ist es kühl.

Einmal Afrika!

Nach unserer Rückkehr aus Marokko am Abend einfach im Liegestuhl zu liegen und die Sonne auf mich scheinen zu lassen ist eine Wohltat. Unser Afrika-Besuch hat als »unbedingt« auf dem Programm gestanden. Aber die drei Tage in Tanger waren auch sehr anstrengend gewesen. Immer auf der Hut vor der Fremdartigkeit der dortigen Menschen. Sie sprechen dich an, preisen ihre Kenntnisse um die Gegend und um den richtigen Weg wie eine Ware an, mal hilfsbereit, meist aber nur geschäftstüchtig nach Umsatz heischend: *Alles ganz billig. Very cheap. Très bon marché.* Selbst der Bettler, zahnlos, schmutzig, in Lumpen gehüllt, hält in sauberem Französisch mit zitternder Hand um ein Almosen an.

Vorsichtig beobachte ich, wie die Frauen sich verhalten. Gehen sie allein auf die Straße? Ja, man sieht sie auch allein. Viele im knöchellangen Kaftan. Aber auch viele vorwiegend junge Frauen sind europäisch-modern gekleidet, doch auch sie mit Kopftuch. Nur hie und da sieht man eine junge Frau ohne Kopfbedeckung. Sind das zwangsläufig Christinnen? Ich weiß zu wenig über das Land, über den Islam. Wir leisten uns das Abenteuer (die touristische Frechheit?), mental gänzlich unvorbereitet hierherzukommen.

Von Gibraltar aus konnten wir uns eine Über-
fahrt bildlich vorstellen. Nur dreißig Kilometer hin-
über nach Afrika! Auch von der umgekehrten Seite
denken sich die Flüchtlinge: Nur dreißig Kilometer.
Mein Anliegen, primitiv, ganz unbedarft: einmal in
Afrika gewesen sein. Und Raffael hatte von billigen
Einkaufsmöglichkeiten gehört. »Alles nur ein Euro!«
Das waren unsere einzigen Motive.

Die Reise gestaltete sich langwieriger als gedacht –
für eine schnelle Reise hätten wir wohl die teurere
Fast Ferry nehmen müssen. »Kommt nicht infrage!«,
entrüstete sich Raffael, als ich den Kaufpreis über-
nehmen wollte. Für diese fünfzig Kilometer bis in
die Stadt Tanger waren wir von dreizehn bis neunzehn Uhr unterwegs: Ticket kaufen in einer der vielen (unseriös wirkenden) Ticketagenturen am Hafen
in Algeciras, die Fähre unseres Anbieters Acciona
suchen, in der riesigen Schalterhalle einchecken wie
am Flughafen, Passkontrolle. Eine Stunde mussten
wir warten. *Warum?*, fragten wir uns. Alle Passagiere aber warteten geduldig in der schicken, mit Marmor ausgekleideten Halle, also auch wir. Endlich
wurde die Tür geöffnet. Der Mann, der eine erneute
Passkontrolle durchführte, lachte nur, als er Raffaels Passfoto mit seiner echten Person abglich. Nach
einer weiteren Ticketkontrolle lag die lange Gangway vor uns. Sie führte uns in ein riesiges Schiff mit

ausnehmend großzügigem Platz, etwa fünfhundert Schlafsessel erwarteten uns, und im ersten Stock befand sich ein Restaurant mit gewiss hundert Tischen, im zweiten und dritten Stock entdeckten wir eine große Anzahl Schlafkojen. In den Kellerbauch der Fähre fuhren immer noch Autos ein, Wohnmobile, lange Sattellader. Es würde noch eine Zeit dauern, bis wir ablegten. Raffael betrachtete dieses Schauspiel sehr gespannt und prüfte die Lage: Ob er sich auch einmal mit Wohnmobil einschiffen würde, um damit eine Afrikatour zu unternehmen?

Und nun müssen wir auch ein Visumformular ausfüllen, schließlich begeben wir uns auf einen neuen Kontinent. Zum Glück hatten wir einen Sesselplatz in der Nähe des Polizeischalters bekommen, sodass wir beobachtend abwarten konnten, bis die lange Schlange der Passagiere abgearbeitet war. Jetzt stellten wir uns dazu. Der Polizist korrigierte meine schlampige Schrift auf dem Formular in für arabisch schreibende Marokkaner eindeutiger lesbare Schriftzeichen, schlug einen Stempel in den Pass, und ich freute mich: endlich mal wieder ein Stempel. Noch viele Seiten in meinem Pass sind leer.

Freude, als das Schiff endlich ablegte, sich von Europa absetzte, gen Afrika hin. Spannung, wie das Atlas-Gebirge, das von der Küste aus bereits gut sichtbar war, immer näher heranschwebte. Eineinhalb

Stunden ließen wir uns auf der Überfahrt wohlig schaukeln.

Und endlich würden wir anlegen, mit all dem damit verbundenen Zeitbedarf. Dann gab es Probleme, die Gangway am Schiff an der Anlegestelle zu befestigen.

»Always the same thing! As soon as you are in Africa, things are no longer working.« Dies sagte eine etwa 30-jährige Frau mit Kopftuch. Sie trug einen Kaftan, der hinten offen war, und darunter knackige Jeans und schicke Pumps. Man schickte uns sicherheitshalber durch die Garage ins Freie. Noch einmal kontrollierte man unsere Pässe.

Am Hafen erwartete uns nichts außer großen Kränen, weiten Betonwüsten und riesigen weißen Behältern, wahrscheinlich für Gas, davon viele, sehr viele, vielleicht hundert? Alle Passagiere stiegen in einen Bus, der uns nach Tanger bringen sollte, also auch wir. Kostete 2,50 Euro. *Nicht noch mehr bezahlen!*, warnte uns die taffe Einheimische vom Schiff, die mit großen Taschen ihre Shoppingergebnisse aus Spanien heimbrachte. Ich wurde hellhörig, spürte Anspannung, warum diese Warnung? Sie sprach Spanisch, Englisch, Französisch und natürlich Marokkanisch. Sie half uns auch, uns von dem Gewimmel der Taxifahrt-Anbieter zu befreien, nachdem der Bus am Busbahnhof angekommen war, und zeigte uns den Weg in die City. Dort konnte ich mich auf Französisch durchfragen.

Das *Office de Tourisme* in der Avenue Pasteur hat bereits geschlossen. Es ist neunzehn Uhr und schon lange dunkel. Soll ich diese so andersartig wirkenden Menschen nach einer günstigen Pension fragen? Keiner scheint uns wirklich vertrauenswürdig. Da, ein Internetcafé! Hier finden wir auf einer Straßenkarte Orientierung und beschließen, uns nach Ancien Médina zu wagen und dort das angebotene Hostel für dreißig Euro die Nacht zu suchen. Ob wir dieses alte Stadtviertel überhaupt fänden? Lieber gönnen wir uns jetzt ein Taxi. Wir handeln zwei Euro aus für die Fahrt, die zwanzig Minuten dauern würde.

Der Fahrer lässt uns an der Place Petit Socco aussteigen. Weiter käme er nicht, sagt er, zu enge Gassen. In der Tat! Schmalste Gässchen gehen vom Platz ab, laute marokkanische Musik dröhnt vom Balkon einer kleinen Bar, Männer in Kaftanen und mit Turbanen sitzen an den Tischen draußen und unterhalten sich aufgeregt gestikulierend. Hier, gleich zwei Pensionen! Das sagen uns die abgerissenen Schilder, die vor zerfallenden Häusern hängen. »Frag mal mit deinem Französisch, was es kostet«, bittet mich Raffael. Über dem schmierigen Küchentisch im dunklen kleinen Eingang protzt ein Schild mit der Aufschrift »Réception«. Mit großer Geste erklärt mir Monsieur, es koste fünfzig Dirham für zwei Personen pro Nacht. Das sind für uns gemeinsam etwa fünf Euro. Sehr vorsichtig lassen wir uns das Zimmer erst mal zeigen.

Meine Abenteuerlust ist stärker als mein Ekel. Ich prüfe das über die äußerst alten Wolldecken gespannte Laken: Sieht es gewaschen aus? Krabbeln irgendwelche Tierchen herum? Nun, zumindest nicht sichtbar. Hängt das wackelige, schmutzige Waschbecken nur pro forma an der Wand? Nein, es gibt wahrhaftig fließendes Wasser. Das klapprige Türschloss in der ehemals noblen, mit farbigen Glasperlen durchsetzten Tür ist tatsächlich abschließbar. Und wo ist die Toilette?

Der Mann zeigt mir einen Raum, dessen Fliesen hinter und unter starrendem Schmutz eleganten Reichtum aus alter Zeit erahnen lassen. In einer engen Nische ist eine Hocktoilette eingebaut.

Daneben steht ein alter Plastikeimer mit Wasser zum Spülen. *Nein*, beschließe ich, *ich will mich nicht von dem üblen Geruch abschrecken lassen!* Immerhin hinterlässt ein ehemaliges Fenster in der Wand ein mannshohes Loch, durch das Frischluft hereinströmen kann. Zudem ist die Tür auch hier verriegelbar.

Nach dieser Inspektion nicken wir dem Mann zu – und bemerken das freudige Blitzen in seinen

Augen. *Tolles Geschäft gemacht mit diesen Touristen ...*

Doch auch wir haben das Gefühl, es geschafft zu haben. Eine Bleibe für die bereits tiefdunkle Nacht! An einem der Tische vor dem benachbarten Restaurant gönnen wir uns Lammkotelett mit Böhnchen und Kartoffeln. Dazu, nein, keinen Wein, kein Bier. Steht in der hiesigen Kultur nicht auf der Karte. Wir trinken das, was alle hier trinken: Pfefferminztee, mit vielen frischen grünen Blättern und reichlich Zucker.

Der Café au Lait am Morgen in der Bar gegenüber der Pension schmeckt köstlich. Entspricht in etwa der Kaffeemenge eines Espresso, wird aber im Wasserglas serviert. Der Kellner gießt heiße Milch aus dem Kännchen dazu und sieht mich dabei erwartungsvoll an, bis ich verstehe: Ich muss »Halt« sagen.

Die vielen ungewohnten Eindrücke lassen die Zeit sehr rasch verfliegen. Schon finden wir uns wieder am Fährausstieg in Algeciras.

Wer sind eigentlich die neuen Hippies?

Ich habe Raffael angesehen, dass er mit sich gekämpft hat, ob er mit mir in die Gegend von Nerja fährt, ob er mich in seinen Lebensraum mitnimmt, wo seine neuen Freunde wohnen. »Was ist ein Hippie wirklich?«, frage ich ihn.

»Siehste doch«, sagt er, und strafft seine Haltung mit dem Stolz des Insiders. Was ich sehe: Junge Menschen, wie sie zum Bekanntenkreis meiner großen Kinder und deren Freunde gehören. Wobei es schon zwischen den paar Jahren Unterschiede gibt. Die Freunde meines Ältesten wirken gediegener. Spießiger? Vielleicht aber ist schon mal dies ein Kriterium: Hippies leben nicht in der Natur, um hier sportliche Leistungen zu vollbringen – wie das eher bei mir und meinen outdoorbegeisterten Freunden der Fall ist. Diese leisten sich schon mal die superleichte Jack-Wolfskin-Hose oder eine regendichte Jacke von The North Face; dazu feste, wahrlich feste Schuhe von K2. Wirklich warme Unterwäsche aus fein gekämmter Merinowolle. Das sehe ich hier nicht. Ganz sicher auch deshalb nicht, weil diese Menschen bewusst und ausgesucht auf finanziell niedrigem Niveau leben. Lassen die Arbeitsgesellschaft der Länder, aus denen sie kommen, hinter sich, um sich hier zu beweisen, dass freies Leben auch ohne Geld möglich ist. Ausgelöst durch eine gewisse Verachtung unserer Verdienstgepflogenheiten. Alles falsch, diese Ausbeutung durch das viele Geld im Kapitalismus.

In diesem Moment schaut Ole durch das Fenster herein, an dem ich in meinem warmen Bett sitze.

Raffael hatte ihn zum Frühstück eingeladen. Auch

er nimmt Ole zum Anlass, schon jetzt, also schon gegen zehn Uhr, aufzustehen.

Ole hat eine Stange containertes Toastbrot unterm Arm und einen Sack voll Avocados, die er irgendwo am Wegrand aufgeklaubt hat, wie er uns erzählt. Ole kommt aus Aachen und wohnt in einer der vielen Felsenhöhlen, die die Witterung in das Kalksteingebirge geschabt hat. Er zeigt mit der Hand auf einen in der Ferne im Felsen erkennbaren Stoffvorhang mit großgemustertem, schwarzweißem Druck. »Das ist mein Eingang«, sagt er selbstbewusst. »Immer von der Sonne beschienen. Dadurch heizt sie sich tagsüber auf und ist auch nachts nicht kühl.« Eine Isomatte am Boden genüge ihm zum Schlafen, sagt er. Heute sei ein Vogel zu ihm hereingeflogen, er habe ihn willkommen geheißen. Aber auch eine handtellergroße Spinne habe ihn schon besucht, die er dankbarerweise rechtzeitig bemerkt und direkt wieder nach draußen befördert habe.

»Ich habe mich sehr gefreut, als ich deinen Bus entdeckt habe«, sagt er zu Raffael. »Ich dachte, ich sehe dich nicht mehr.«

Lockeres Kommen, lockeres Gehen. Man kennt sich. Die Welt hier ist ein Dorf.

Was macht einen modernen Hippie aus? Irgendetwas ist anders im Vergleich zu den Hippies, vor denen mich meine Eltern damals als Kind unbedingt schützen wollten.

Als ich mir ein geschütztes Kloplätzchen suchen möchte, vorbei an den fünf bis sechs hier vor der Schlucht mit Meerblick stehenden, in die Jahre gekommenen Wohnmobilen, liegt da am Boden ein großes, eingewickeltes Bündel Mann. »¡Hola!«, grüßt er höflich.

Ich gehe schnell weiter, Eindrücke von Obdachlosen auf den Pariser Metro-Luftschächten drängen sich mir auf. Auf meinem Rückweg ist er bereits in Sitzposition, den dicken Schlafsack samt Kopfbedeckung abgestreift, nun ein Netz Orangen und anderes Essbares neben sich auf dem Boden ausgebreitet. »¡Hola!«, grüßt er wieder.

Als wir beim Frühstück vor dem Campingbus sitzen, gesellt sich ein junger, hübscher Mann zu uns. »How are you?«, fragt er. »Nice place here, isn't it?« Die Jungens kennen sich. Es ist Tommy, der aus dem verregneten England hierher geflüchtet ist, um im warmen Süden den Winter zu verbringen. Kurzer Haarschnitt, klares Profil, ordentlich gekleidet mit Trekkinghose und sauberem T-Shirt.

»I saw you go by«, sagt er zu mir und deutet auf die Stelle, wo er vorhin noch als eingemummtes Bündel gelegen hat. Da macht es Klick bei mir.

Ich versuche, meine Beschämung mit einer

schnellen, höflichen Antwort zu verbergen. »I didn't recognize your face«, fällt mir nur ein. »The nights are quite cold, aren't they?« In der Tat hat es nachts höchstens acht Grad, und auch ich schlüpfe in meinem Bett unter zwei bis drei Decken.

Der alte Bus neben uns hat ein deutsches N-Kennzeichen. Tina kommt aus Nürnberg, nur knapp zweihundert Kilometer entfernt von meinem Zuhause in München. Raffael vermittelt eine Busbesichtigung für mich. Ich bin begeistert. Sehr wohnlich, sehr praktisch eingerichtet hat sich Tina, ein sympathisches Mädel um die dreißig. »Mir war eine Dusche mit Warmwasserboiler sehr wichtig«, sagt sie und zeigt voller Stolz auf diese Einrichtung, »obwohl das auch viel Platz beansprucht.« Sie habe sich zunächst vom Job beurlauben lassen, erzählt sie weiter. Erst mal für ein Jahr, danach hätte sie noch mehr Freistellung beantragt. Das habe ihr ihre Firma nicht genehmigen können, also habe sie gekündigt. Ihr nächstes Ziel sei Portugal. Das Teuerste an dieser Art zu leben sei das Benzin. Raffael bestätigt das. Ansonsten reiche ihr gespartes Geld sehr gut, ergänzt sie. Nachher kommt sie zu Raffael in den Bus, um sich Fotos von ihm rüberzuziehen und klappt ihr nigelnagelneues MacBook Air auf. »Das ist am leichtesten von allen. Das habe ich mir für die Zeit gekauft, wenn ich mit Rucksack unterwegs bin.«

Als Raffael und ich am Abend von unserer Berg-tour in der Sierra Nevada zurückkommen, ist Tinas Bus schon nicht mehr da.

Während es in München im Januar um halb fünf schon richtig dunkel ist, bleibt der Tag hier bis fast halb sieben hell. Vom Kiesweg hinter dem Bus kommt einer her, blonde Dreadlocks bis zum Po, verträumter Blick, und fragt, ob er sich in den Sessel setzen dürfe, der von meiner Liegekur am Vortag noch ausgeklappt vor Raffaels Bus steht. Da bleibt er eine gute Stunde sitzen, steht auf, geht wieder.

Am Abend sitzen Raffael und ich im Bus, zu müde für alles, die Beine hatten wir heute kräftig bean-sprucht bei unserer fünfstündigen Bergtour auf den Pico del Cielo, die »Himmelsspitze«. Raffael hat den Reis von gestern aufgewärmt, dazu gibt es Tomaten-soße mit Priorität Knoblauch, und die Avocados von Ole hat er hineingeschnitten. Just als er meinen Tel-ler füllt, steht auch Ole vor dem Bus. »Setz dich, iss mit uns«, sagt Raffael. Die Bustür ist geöffnet, immer mit Blick aufs Meer. Inzwischen ist es dunkel gewor-den.

Ein großer junger Mann erscheint in der Tür, blond, dünn, ausgehöhlte Augen, fragt nach einer Tasse Tee, sagt, er habe eine Entzündung im Mund.

»Of course«, sagt Raffael, «brewed up?«

»Yes, would be nice.«

Raffael kocht Tee, auch gleich für uns drei. Der Typ setzt sich zu uns in den Bus, Ole macht ihm Platz. Der junge Mann kaut auf dem Kamillenteebeutel herum, scheint sichtlich zu genesen.

In der Tür steht nun Ruben, ein dreizehnjähriger blonder Junge in Begleitung des finster schauenden Franzosen Estéphane, der einen ausladenden Inka-Mantel übergeworfen hat. Ruben führt die Unterhaltung, sauberstes Englisch, dabei Sohn niederländischer Eltern, wie Raffael mir erklärt. Sie haben sich in Beneficio in der Kommune kennengelernt, wo Raffael seine ersten Wochen hier in Spanien verbracht hat. Dort habe er sich aufgehoben und versorgt gefühlt »wie in einer Familie«.

»Raffael war ganz aufgeregt, weil seine Mutter ihn besuchen kommt«, erzählt Ruben in sauberem Englisch zwischen zwei Wortschwällen. »Er hat die Decke im Bus gestrichen, die Sitzpolster überzogen, und alles supersauber gemacht. Man erkennt den Bus gar nicht mehr wieder!«

Er macht eine cool gemeinte Geste zu Raffael. Das gefällt mir nicht. Raffael hat mir selbst voller Stolz seine Verschönerungsergebnisse gezeigt, dafür brauche ich keine Petze.

»Sei brav, sonst schickt dich deine Mutter ins Bett!«, traut sich Ruben in zwinkerndem Tonfall zu Raffael zu sagen, als der das Geschirr nicht gleich abräumt. Ich bin nicht sicher, ob mir der Hippie-Sohn zu frech daherredet. Als er aber noch mal eine Info über Raffaels Gewohnheiten loslässt, die ganz sicher nicht für mich bestimmt ist, bremse ich ihn aus. Ich will nicht in Raffaels Geheimnisse eingeweiht werden, es sei denn von ihm selbst! Ich bin nur auf Besuch in seinem Leben.

Was macht einen modernen Hippie aus?

Der Blonde mit dem Teebeutel ist Däne. Beteiligt sich wenig an der Konversation, die auf Englisch abläuft. Mit einem »Thank you for the tea« schleicht er wieder in die Dunkelheit hinaus, vielleicht in seine Höhle.

Ich versuche eine Fantasie: Der Däne von soeben, frisch geduscht, Haarschnitt und im Business-Anzug. Die Fantasie gelingt mir. Hinter diesen Aussteigern stecken ganz normale, nette, freundliche, wohlerzogene Menschen. Friedlich sind sie, auffallend friedlich. So hat sich auch der Däne von uns verabschiedet: »Peace is victory«, murmelt er und bildet mit Zeige- und Mittelfinger das Victory-Zeichen.

Der eine hier kann ausgezeichnet malen, der andere zur Verzückung aller Gitarre spielen. Künstlerleben? In der Kommune leben sie in richtigen Familien, durchaus kinderreich, sagt Raffael.

Die ungepflegten Erscheinungen sind nur die Konsequenz des Outdoor-Lebens. Regelmäßiges

Duschen ist nicht möglich (und auch nicht gewollt), Kämmen nicht nötig. Klamotten müssen mehrere Wochen herhalten, warum auch nicht? Gerüche sind erlaubt, wir befinden uns nicht in geschlossenen Räumen, sondern in offener Natur, die alles relativiert.

Der Mann, der heute schon um neun Uhr morgens seine Gitarre in die Schlucht hinein erklingen ließ, geht an meinem Fenster vorbei. Ich erschrecke, er erschrickt. Wer von uns beiden sieht furchtbarer aus, so frisch aus dem Schlaf gerissen? Auch ich habe seit fünf Tagen keine Gelegenheit gehabt, die Haare zu waschen oder gar zu stylen. Ich suche mein Spiegelbild im von der Sonne angestrahlten Bildschirm und erschrecke noch einmal.

16. Januar. Viele Fliegen surren unermüdlich um uns herum, Schmetterlinge in fröhlichen Farben flattern durch die Luft. Büsche und Bäume blühen frühlingshaft in Weiß und Rosa, dazwischen halten uns langstielige Callas ihre ausladenden Blätter und weißen Blütentüten hin. In üppigem Gelb, Orange und Rot strahlende Sträucher versprühen ihren Duft.

Hier sei das Gemüsehaus Europas, erklärt man mir beiläufig. Gewächshäuser mit Wäldern von Tomatenstauden entlocken mir erstaunte Ausrufe. Avocadohaine, die um diese Jahreszeit ihre Früchte tragen, verleiten auch mich zum Pflücken und einfach Mitnehmen, und ich probiere nicht nur eine Sharon, Kiwi, Paprika auf unserem Spaziergang.

Wer sind eigentlich die neuen Hippies?

Auch die Gartenarbeiter in den umliegenden Anwesen mit den großen Gewächshäusern sehen aus wie »die« Hippies: ungewaschen, mit wirr ins Gesicht hängenden Haaren und sehr schmutzigen Klamotten. Wenn ich hier das Aussehen eines deutschen Büroangestellten als Maßstab anlegen wollte, käme ich mit der Welt nicht klar.

Schon ist Samstag, der Heimflug steht an. In der Flughafenbar habe ich einen Kaffee gehabt, jetzt ist alles gut. Raffael hat mich in unserem Autoheim noch gestern, spät am Abend, von Nerja nach Málaga gebracht, damit ich ganz sicher rechtzeitig um sechs Uhr am Flughafen bin. Er hatte mit Ole zum Abschied ein Lagerfeuer angefacht, und die beiden hatten auf dem Fischmarkt Doraden besorgt, Kartoffeln und Salat, ein richtiges Menü, eine Tafel Schokolade zum Nachtisch. Auf dem Parkplatz in Málaga aber habe ich schlecht geschlafen: War ich aufgeregt? Oder lag es daran, dass der Parkplatz direkt an der Autostraße lag? Schlecht geschlafen habe ich gelegentlich auch auf unserem Höhenparkplatz, wo es überaus still war. So manches treibt mich um. Ob der Umgang mit Hippies meinem Sohn schadet? Ob er unterscheidet zwischen »Guten« und »Schlechten«? Ob er »seins« findet? In meinem Beisein hat er nicht geraucht, nicht getrunken, hat offen mit mir über die Vorteile und Nachteile des freien Lebens reflektiert. Ole war dabei und sagte ganz offen: »Ich kann auf alles verzichten, nur nicht auf einen Joint hie und da.«

Raffael stehe auf die Denke der Hippies, wird mir aus unseren Gesprächen klar, aber im selben Atemzug höre ich auch die Sehnsucht nach mehr Geld im Leben heraus. Ob das zusammengeht? Ob er diesen Spagat aushält, ob er diese Kurve gut nehmen kann, zu seiner Mitte findet? Das ist es wohl, was mich die letzten Tage schlecht schlafen ließ.

Der Abschied: liebevolles Umarmen, liebes Drücken. Wenig Worte. *Danke, einfach danke*, auf beiden Seiten. Schließlich habe ich doch noch Tränen in meinen Augen, als das Flugzeug abhebt.

Ich denke an das Abschiedsessen zurück. Samuel hatte gestern Eicheln von Steineichen gesammelt, sie eingeschnitten wie Maronen, hatte eine gusseiserne Pfanne gebracht und diese auf einem Rost auf unser Lagerfeuer gestellt. Auch Samuel lebt in einer Höhle. Als genug Glut entstanden war, legten auch wir unsere in Alufolie vorbereiteten Doraden in die Pfanne, voll Freude auf ein gutes Abschiedsabendessen.

»Was ist da drin?«, fragte Samuel mit seinem Schweizer Akzent.

»Unser Fisch«, sagten wir ahnungslos.

Samuels Stimme hob sich unheilvoll, seine Augen funkelten böse im Schein des Feuers. »Das hättet ihr mir auch früher sagen können, dann hätte ich mir die Mühe sparen können!« Nein, so gar nicht entspannt war er. Verärgert entfernte er sich von unserem Platz und entfachte fünf Meter weiter sein eigenes Feuer, mit eigenem Blick aufs Meer.

»Absolut vegan!«, flüsterte Ole. »Aber dass er gleich so abgehen muss!«

Samuel, um die vierzig Jahre alt, war der abgerissenste Typ, dem ich hier begegnet bin. So schmutzige Füße wie seine in den offenen, schmierigen Sandalen hatte ich keine gesehen. Die Zehen übersät mit Pusteln. Seine Fingernägel lang, schwarz, die Hände sahen aus wie über Wochen hinweg nicht mit Wasser in Berührung gekommen. Die schwarzen, langen Haare waren verfilzt, dabei wuchs schon eine kleine Menge grauer Haare im langen Bart. Die graue Leggins über seinen knochigen Beinen war wohl mal schwarz gewesen. Jetzt war sie ausgebleicht und löcherig. Mein Hausfrauenblick sagte mir: jahrelang nicht gewaschen. Die Ärmel seines weiten Pullovers strotzten vor Dreck. Dabei hatte er ein ausdrucksvolles Gesicht, blaue Augen, ausgeprägte Backenknochen, mit dem gebräunten Teint war er durchaus gutaussehend. Lebte er in der Höhle, weil er die Menschen scheute? Hatte er sein Durchsetzungsvermögen gegenüber seinen Mitmenschen nicht genug geschult, dass er sich so abscheiden musste? Fragen über Fragen liefen durch meinen Kopf.

Ebenfalls gestern lernte ich Esmeralda aus dem Bus nebenan kennen, eine Spanierin. Man sah sie selten, hörte aber am Abend ihre Entspannungsübungen: Sie gab jaulende Töne von sich, von hoch oben bis tief unten.

»Sie muss ihre negative Energie ausströmen«, gab mir Raffael zu verstehen. »Das hat sie mir mal erklärt. Verrückt, die Frau, aber einen interessanten Bus hat sie!«

Nachdem Raffael für mich eine Busbesichtigung bei ihr eingefädelt hatte, ließ sie uns freundlicherweise ein und gab auch bereitwillig Antwort. In flüssigem, gepflegtem Englisch, wie ich es bei allen neuzeitlichen Hippies bemerkt habe, die dort das freie Leben im warmen Süden für sich beanspruchen. Die Wände hatte sie pastellfarben gestrichen, die bunte Patchwork-Tagesdecke über dem breiten Bett war glattgestrichen, die Wasch- und Kochgelegenheit sehr sauber geputzt. Esmeralda hatte gerade ihr Fahrrad für Erledigungen drunten in Nerja vorbereitet. Ich fühlte mich wie ein Eindringling in diesem privaten Raum. Und sie sah es anscheinend genauso. Nach unserer Busbesichtigung hörten wir sie noch einmal kräftig jaulen. Vermutlich hatten wir schlechte Energie in ihren Bus gebracht, deren Beseitigung noch vor der Radfahrt in Angriff genommen werden musste.

Vieles geht mir im Flugzeug noch durch den Kopf, während ich aus dem Fenster sehe. Wo ist hier eigentlich der Horizont?

Schlaflos in Padang Bai

»Wir treffen uns dann in Padang Bai.«

So hat sich mein Sohn Raffael von mir verabschiedet, als er, den Rucksack auf dem Rücken, in Ubud in den Bus stieg, um in Padang Bai die Fähre zu den Gili-Inseln zu nehmen. Die seien ein Paradies für junge Menschen, sagte er. Also nichts für mich, verstand ich.

Raffael war bereits drei Monate durch Indonesien gefahren, von Insel zu Insel, und vor seiner Abreise von München freuten wir uns auf etwas gemeinsame Zeit dort. Raffael ahnte, dass er Heimweh haben würde. Und ich würde seinen Aufenthalt dort als Anlass nehmen, zum ersten Mal nach Asien zu fliegen. Noch nie hatte es mich nach Asien gezogen, dennoch war ich neugierig genug dafür. Bali sei ohnehin eigen. So viel Schönes hatte ich davon gehört.

Nun also war der Hafenort Padang Bai Raffaels nächstes Ziel, von dort gingen die Fähren zu den im Nordosten von Bali gelegenen Gili-Inseln. »In ihrem Süden kommt schon bald Australien«, klärte Raffael mich auf.

Ich blieb zurück in dem Städtchen Ubud. Bewunderte die vielen Ausstellungen von einheimischen und westlichen Künstlern, welche sich hier niedergelassen haben. Ließ mich betören von den niedlichen Cafés und kleinen Geschäften. Läden mit Duftölen, Klangschalen und Yogamatten wechselten sich ab mit einladenden Ein-Zimmer-Praxen, die die sanfte balinesische Massage anboten.

Zwei weitere Tage hielt ich mich in dem bei westlichen Touristen wegen seiner so vielschichtigen Entspannungsangebote berühmten Städtchen auf. Ich aber wollte nicht entspannen, ich wollte erleben. Also nahm auch ich einen der vielen Busse nach Padang Bai. Zumal Raffael vor seiner Abreise aus Ubud gesagt hatte, er würde nur drei bis vier Tage auf den Gilis bleiben. Ich fand es großartig, im Bus eine der vielen Backpacker aus aller Welt zu sein.

An der Busstation in Padang Bai standen schon erwartungsvoll einige Homestay-Vermieterinnen und überfielen die Busgäste in holprigem Englisch mit ihren Angeboten. Tatsächlich gingen die Rucksacktouristen auf sie ein, also auch ich. Die Balinesin, der ich folgte, brachte mich in ein landestypisches Haus mit drei Gästezimmern. »Indraprastha« war in zierlichen Lettern am Eingang zu lesen. Ein kleiner Tempel stand inmitten des Gartens, in dem tropische Gewächse blühten. Ich hatte vorausschauend

Die Fischerboote mit ihren tentakelartigen Auslagen sind grell-bunt bemalt, wie so vieles auf Bali: Kräftige Farben schrecken die bösen Geister ab.

ein Zweibettzimmer bezogen, und von der Terrasse aus bewunderte ich mehrmals am Tag die Räucher-rituale, die böse Geister vertreiben sollten.

Und nun wohnte ich schon zwei weitere Tage hier. Ich hatte Raffael die Adresse des »Indraprastha« aufs Handy gesimst. Hier könnten wir uns ohne Probleme treffen, dachte ich. Ich würde mir das Dorf ansehen und den Strand, ein bisschen chillen, ein bisschen schwimmen. Und dann würden wir weitersehen.

Doch es kam anders. Raffael schickte eine E-Mail. Ja, den Namen des Homestays habe er sich gemerkt.

Irgendwie aber sei ihm am Geldautomaten ein Fehler unterlaufen.

Die haben meine Kreditkarte eingezogen!, schrieb er. *Und der Bankangestellte braucht unerklärlicherweise mindestens vier Tage, um sie wieder rauszurücken. Er kann meine Handykarte nicht nachladen. Ich komm dann halt irgendwann. Warte im Homestay auf mich.*

Padang Bai ist ein hübsches kleines Fischerdörfchen im Osten der Insel Bali. Malerische Kähne, die Jukungs, mit ihren breiten, tentakelartigen Auslegern schlenkern im Wasser, und die Fischer sitzen den Tag über auf aus Bambus gebauten Stegen am Strand und sind in gemütliche Gespräche verwickelt oder sehen den Touristinnen und Touristen nach, die auf die häufig anlandenden Fähren warten.

Mehrmals schon war ich an dem kleinen Strand auf- und abgegangen, es gab nicht viel zu erkunden im Dorf. Doch immer machte ich einen großen Bogen um die Käfige, die am Boden aufgestellt waren – jeweils mit schönstem Meerblick. Es sollte ihnen gutgehen, den prächtigen Hähnen, die, wie ich in meinem Führer nachlesen konnte, mit bestem Futter versorgt wurden und von den Männern unter besseren Bedingungen gehalten wurden als ihre Frauen im Haus. Die Tiere wurden von ihren Besitzern verwöhnt, be-

Die Hähne für die zwar verbotenen, aber immer noch sehr beliebten Hahnenkämpfe auf Bali bekommen bestes Futter, besonders liebevolle Pflege und also auch die schönsten Plätze mit Aussicht direkt am Meer. Hier eine Reihe Käfige am Hafen von Padang Bai.

vor sie in den berüchtigten traditionellen Hahnenkämpfen gegeneinander antraten. Diese krähenden Käfige in ihrer Vielzahl befremdeten und ängstigten mich, zumal in Deutschland gepredigt wurde, wegen der Vogelgrippe vorsichtig zu sein. Bei dem Gedanken durchzog mich ein Grausen.

Auch als ich durch die vom Hafen abgelegeneren Straßen ging, fühlte ich eine heftige innere Abwehr gegen die vielen Hähne und Hühner, die mit jedem

Flügelschlagen ihre infizierten Federn auf mich schleudern konnten.

Alle paar Meter kam ich außerdem an einer stinkenden Müllhalde vorbei, deren Bestandteile wir in unserem sauberen Land beschönigend »Biomüll« nennen würden. Ich habe mich nicht weiter damit beschäftigt, ob der beißende Geruch vom Alter der Halde herkam oder möglicherweise von der Menge der weggeworfenen *Durians*, der Stinkfrüchte, die es auf jedem kleinen Marktstand zu kaufen gab. Beschleunigten Schrittes ging ich jeweils rasch weiter, bis sich eine Ecke weiter der nächste Mief an meinem Körper zu kleben schien. Durch die tropische Hitze war ich ununterbrochen schweißgebadet.

Gleich am ersten Tag in Padang Bai war ich nach einem schönen vormitttäglichen Schwimmerlebnis im warmen Meer voll Freude noch am selben Nachmittag wieder ins Meer gestiegen und hatte nicht den inzwischen niedrigeren Wasserstand bei Ebbe bemerkt. Zu schnell hatte ich mich, genauso wie am Vormittag, ins Meer geworfen – und mir einen Korallensplitter unter den großen Zehennagel eingezogen. Und der schmerzte immer mehr. Und färbte den Nagel zunehmend schwarz. Schon am nächsten Tag sah es nach einer Entzündung aus. Laut Google musste das ärztlich versorgt werden. Puh. Am Ort gab es nur eine kleine Krankenstation, erfuhr ich. Welche Heilmethoden die mir wohl anempfehlen würden? Ob mein Fuß mit Spinnengift bespritzt oder mit Blättern aus dem Dschungel umwickelt werden würde? Doch nein, es wurde alles gründlich desinfiziert, und ich verstand gerade so viel aus dem gebrochenen Englisch: Täglich wechseln, fünf Tage lang, dann noch mal kommen. Natürlich nicht schwimmen und keinen Verunreinigungen aussetzen, auch keinem Sand am Strand.

An diesem Mini-Ort also, den ich schon mehrmals durchlaufen hatte, sollte ich nun weitere Tage verbringen.

Ich saß auf der Terrasse und konnte das Lesen nicht mehr genießen. War ich extra nach Bali gekommen, nur um zu lesen? Ich war sauer, sehr sauer.

Und dann musste ich mich mit einem weiteren Thema auseinandersetzen.

Mein Homestay war so angelegt, dass man die Zimmer, die nebeneinander im Erdgeschoss lagen, über eine große Terrasse betrat, die sich offen für alle begehbar vor den Zimmern befand. Deren Eingangsbereich zierten jeweils ein Tischchen und zwei Stühle. Hier wurde das Frühstück serviert und hier konnte man sich gut aufhalten, wenn es im Zimmer zu heiß war oder wegen der Klimaanlage zu kalt.

Da saß ich an jenem Abend, die Beine mal lieber

hochgelegt auf den zweiten Stuhl, denn am Abend vorher war über den weiß gefliesten Terrassenboden unübersehbar eine streichholzschachtelgroße, schwarze Kakerlake mit unendlich langen Fühlern gehuscht. Eine solche wollte ich nicht zwischen meinen Füßen haben.

Es war inzwischen neun Uhr abends, seit sechs Uhr war es dunkel. In das Zimmer neben mir war soeben ein Englisch sprechendes Pärchen einquartiert worden. Die beiden jungen Leute trugen die Rucksäcke über die Terrasse nach drinnen. Bald darauf hörte ich laute Stimmen. Reingehen, rausgehen. Mal er, mal sie. Wieder lautes Debattieren. Dann fiel der eine Rucksack aus der Tür. Kurz darauf das Handgepäck und der zweite Rucksack. Gefolgt von der Frau, dann dem Mann. In ihrer Körperhaltung lag etwas Aufgeregtes.

»Weißt du«, fragten sie mich auf Englisch, »wo wir hier die Besitzer finden? An der Rezeption ist niemand«.

»Ja, um die Ecke dort wohnt die Familie, da kann man klopfen«, gab ich zurück. »Aber gibt es etwas Beunruhigendes, was auch ich wissen sollte?«

Verlegen sahen sie mich an.

»Bugs! There are bugs!«, platzte sie heraus.

»Bugs? What is that?« Ich wusste es nicht.

»These little black insects, biting during the night,

you know?« Sie zeigte mit Daumen und Zeigefinger eine kleine Länge an.

Das meinte sie doch nicht im Ernst! Mich schauerte.

»Are you sure?«, fragte ich.

Sehr bestimmt nickte sie und schüttelte sich dann mit angeekeltem Gesichtsausdruck: »Absolutely sure! I have met them in another hotel, it was terrible. I don't want them one more time in my life! There are bugs in the room.«

Die beiden nahmen ihre Rucksäcke auf und suchten die Besitzerfamilie auf. Aus der Suchmaschine erschloss sich mir, was ich befürchtet hatte: Wanzen. Hier gab es Bettwanzen.

Nun schüttelte auch ich mich.

Ich überschlug sehr schnell, was ich zusammenpacken müsste und wie schnell ich meinen Rucksack aus dem Zimmer kriegen würde und dann … mich gleich dem Pärchen anschließen. Bezahlen und weg.

Schon war ich auf den Beinen, doch da schmerzte mein Korallenzeh. Gerade hatte ich ihn noch frisch verbinden wollen und schon Salbe und Verbandszeug bereitgelegt.

Raffael!, schoss es mir durch den Kopf. *Wie würde er mich finden?* Er könnte morgen schon kommen und war per Handy nicht zu erreichen. Und ob er eine E-Mail würde lesen können, war fraglich, denn er hatte vorgehabt, im Freien am Strand zu übernachten. Puh! Doch hier an dieser Adresse konnte ich nicht bleiben. Mir grauste.

Andererseits hatte ich doch nun schon zwei Nächte hier verbracht und nichts bemerkt.

Ich untersuchte meine Haut, soweit ich sehen konnte. Was wusste ich denn von Bettwanzen? Nur, dass sie einen beim Schlafen stachen, was dann fürchterlich juckte. Und dass sie schwarz waren, sich in Matratzen verkrochen und nachts an den Wänden klebten. Dass sie ein krachendes Geräusch abgaben, wenn man sie zertrat oder mit den Fingern zerdrückte. Oh nein, wie mich der Gedanke ekelte!

Meine Haut wies keinerlei Bissspuren auf. Nur zwei Mückenstiche, die kannte ich bereits.

Konnte es sein, dass sich Wanzen nur in dem anderen Zimmer aufhielten und in meinem nicht? Oder war ich nicht empfindlich gegen sie? Oder mochten sie mich nicht, die Wanzen?

Das Pärchen war inzwischen leicht grüßend vorbei- und weggegangen und in der Nacht verschwunden.

Schon spürte ich ein Kribbeln am Körper. Ich humpelte zu meinem Zimmer. Vorsichtig blieb ich an der Tür stehen. Suchte es haargenau nach auch noch so verborgenen Stellen ab. Ging zum Bett und schlug langsam, ganz vorsichtig, die Decke zurück und begutachtete das Ganze sehr genau. Unter die

Matratze aber traute ich mich nicht schauen. Wer wusste, was mich da erwartete ...

Konnte ich es wagen, hier zu schlafen? Doch welche Wahl hatte ich? Nein, ich hatte ja keine schlechten Erfahrungen gemacht. Ich hatte die letzten Nächte hier gut schlafen können, warum sollte ausgerechnet in dieser Nacht ...?

Meine Not nahm mit jeder Minute ab. Noch einmal nahm ich das Buch vom Stuhl, um mich an den Terrassentisch setzen zu können. Nein, lesen ging jetzt nicht mehr. Ich stand wieder auf. Schleppte meinen schmerzenden Fuß auf der Terrasse hin und her und beobachtete den Terrassenboden. Dann setzte ich mich wieder, wickelte den alten Verband auf und legte einen frischen an. Ja, der Zeh war immer noch entzündet. Hochlegen, hatte die Krankenschwester gesagt.

Wieder überlegte ich, ob ich in dieses Bett gehen könnte. Inzwischen war ich müde geworden. Zu müde. Und es krabbelte ja nichts! Vielleicht hatte die junge Frau von nebenan sich ja doch geirrt.

Sehr aufmerksam schob ich mich Zentimeter für Zentimeter auf das Bett. Zog unter starker Beobachtung meiner Umgebung langsam die Decke auf mich. Nichts. Kein Getier. Lag im Bett und spürte es kribbeln. Doch das war nur innerlich. Da! War da nicht doch etwas zu spüren, zwickte da nicht etwas auf dem Bauch? Ruckartig schlug ich die Decke weg und betrachtete ihn. Doch da war nichts. Nur der alte Mückenstich. Ob ich das aushalten würde? Ob ich überhaupt schlafen könnte? Ob ich dem Kribbeln entkommen könnte oder ob das jetzt ewig so weiterging? Diese Gedanken beschäftigten mich noch mindestens zwei Stunden. Ob ich nicht doch … ? Aber jetzt war es zu spät, eine neue Bleibe zu suchen, weit nach Mitternacht.

Letztlich half die Müdigkeit hinüber in den Schlaf. Der allerdings nicht lange währte. Denn immer wieder – da! –, war da nicht ein Zwicken? Da krabbelte doch was! Oh, wie das kribbelte. Licht an, nachsehen, nein, da war aber nichts. Hin und her wälzen. Einschlafen, aufwachen, kribbeln, Licht an, nichts, wieder eindösen …

Ich wachte früh auf von einem Geräusch und von unangenehmem Geruch aus dem Nebenzimmer: Ja, da sprühte jemand Insektengift. Lange, anhaltend, reichlich. Ich schloss das Fenster. Sollten sie da drüben sprühen. Ich hatte nichts bemerkt und letztlich auch ein paar Momente schlafen können.

Raffael meldete sich auch am folgenden Tag nicht. Ich blieb. Noch zwei Nächte. Und wurde immer ruhiger.

Als Raffael schließlich kam, schlief auch er wie ein Bär.

Ich habe ihm erst, als wir zurück in Deutschland waren, von meinem Wanzenwahn erzählt. Da lachte er laut los und zeigte mir seine verblassten Bissstraßen auf dem Körper. »Kannst froh sein, dass das Viech aus meinem Rucksack schon tot war, als ich ihn in deiner Wohnung ausleerte.«

Ich ließ nur einen kleinen Schrei los, nur einen ganz kleinen.

In Törnen ist es Herbst

Auf dem Weg zu unseren Ahnen

Wie oft haben Motter und Voter in ihren Erzählungen von den Dörfern erzählt, durch die wir jetzt fuhren: Gergeschdorf, Rotkirch, Törnen. Allerdings musste Motter – die Anrede meiner Eltern habe ich aus ihrem Heimatdialekt übernommen – uns jetzt, als wir uns nach zwei Tagen Anreise unserem Ziel näherten, die rumänischen Dorfnamen übersetzen. Heute lauten sie nämlich Ungurei, Roşia de Secas, Păuca. Ja, nach Törnen wollten wir, Păuca, Judeţul Sibiu – das war Teil der Anschrift meiner zwei gleichaltrigen Cousinen hier in Rumänien gewesen, mit denen ich damals, vor vierzig Jahren, eine Jungmädchen-Brieffreundschaft gepflegt hatte. Sie lebten im ausgedehnten Landkreis des schönen alten Sibiu/ Hermannstadt, der Metropole von Siebenbürgen und Kulturhauptstadt Europas 2007.

Schon bei der Fahrt durch Ungurei/Gergeschdorf kamen mein Sohn Raffael und ich, wir in München geborene Abkömmlinge dieses alten Volksstamms, hautnah mit dem Verfall des in der »Siebenbürgen-Hymne« beschriebenen Landes »der Fülle und der Kraft« in Berührung. Schließlich führte uns die Straße am alten Friedhof vorbei. Motter hatte uns darauf hingewiesen.

»ORT DER RUHE. Evangelischer Friedhof Gergeschdorf« stand in großen Fraktur-Lettern auf einem weißen, abblätternden Emailschild über dem schmiedeeisernen Eingangstor. Daran hingen ein verrostetes Schloss und ein verwaschener Zettel in einer Plastikhülle, der uns mitteilte: »Die Schlüssel sind bei Roppelt, Hauptstraße 40.«

Motter erwähnte ganz beiläufig: »Dort oben, links neben der Kapelle, ist das Grab meines Gergeschdorf-Großvaters. Und mein Urgroßvater liegt auch hier. Er war Pfarrer in Törnen gewesen. An seinem Grabstein war sogar ein Foto von ihm und seiner Frau angebracht. Ob der Grabstein noch steht? Viele sind ja umgefallen, wie ich sehe.«

Raffael, mein 29-jähriger Jüngster, hatte bisher nicht viel über das für die Fahrt nötige Organisatorische hinaus gesprochen. Die lange Autofahrt über tausendvierhundert Kilometer war für uns alle ermüdend gewesen.

Doch plötzlich lebte er auf und zeigte die Spannung des Entdeckers. »Den Schlüssel, wir brauchen

Die evangelische Kirche sorgte über viele Jahrhunderte für die Unterhaltung deutscher Schulen in Siebenbürgen (Transsilvanien) und somit der deutschen Sprache in den Familien.

den Schlüssel!«, sagte er aufgeregt, und er steckte auch mich damit an.

Herr Roppelt war zu Hause und freute sich über unser Interesse. Er war um die vierzig und hatte ein kleines Kind auf dem Arm. »Meine Frau ist Rumänin«, erklärte er, »und deshalb bin ich noch hier in Gergeschdorf und in Rumänien geblieben.« Sein

Deutsch hatte den harten Klang, der so typisch für das siebenbürgisch-sächsische Deutsch ist. Er ging selbst mit uns über den Friedhof.

Hier ruhen Martin Lutsch und seine Gattin Maria. Hier ruhen Matthias Roppelt und seine Söhne Michael und Johann. Hier ruhen Michael Lutsch und seine Gattin Katharina. Es trauern ihre Kinder. Hier ruhen Michael Ganesch und seine Gattin Maria.

»Was geht hier ab?« Kopfschüttelnd ging Raffael von einem Grab zum anderen. »Wieso ist hier alles auf Deutsch?«

Schließlich waren wir ab dem ungarisch-rumänischen Grenzübergang fünf Stunden über rumänische Straßen gefahren, durch rumänische Langdörfer, die Menschen waren Rumänen, und wenn wir unterwegs Pause machten, sprachen die Menschen rings um uns her Rumänisch. Was auch sonst? Und nun, mittendrin im Land, ein deutschsprachiger Friedhof?

Die Siebenbürger Sachsen grenzten sich säuberlich ab. Hart verteidigten sie ihre deutschsprachigen Schulen und Kirchen. Nur so war es ihnen gelungen, über alle Assimilierungsversuche der k. u. k. Monarchie und des rumänischen Diktators Ceauşescu hinweg, die ihnen so wichtige Autonomie als Minderheit im Land zu erhalten. Der aktuelle rumänische Friedhof lag an einer anderen Stelle des Dorfes.

Die vielen Erzählungen seiner Oma, in denen sie immer wieder betont hatte, dass sie, obwohl in Rumänien geboren, keine Rumänin sei, sondern Deutsche, waren wohl für Raffaels Vorstellungsvermögen nicht plastisch genug gewesen.

Raffaels drei Geschwister würden unabhängig von uns anreisen, um Omas Geschichten am Originalort nachempfinden zu können. Mit seiner Hilfe war es mir möglich gewesen, meine 90-jährige Mutter samt Rollstuhl in meinem Campingbus mitzunehmen. Trotz ihrer altersbedingten Gebrechen, welche die Fahrt für sie beschwerlich machten, hatte es bei ihr nicht viel Überredung zu dieser Reise bedurft.

Noch einmal die alte Heimat zu besuchen und ihren Enkeln all das zu zeigen, wofür sie sich altersgemäß erst jetzt interessierten, was sie sich aber allein von Omas Erzählungen nicht vorstellen konnten – das war ihr Motivation genug, die weite Tour auf sich zu nehmen. Auch ich freute mich sehr darüber. Und Raffael nahm seine Rolle als starke Gehhilfe für Oma vorbildlich wahr und hatte sich ganz der Führung von Muttl und Oma anvertraut.

»Wir suchen das Grab von Michael Imbrich.«

Herr Roppelt lachte. »Den Namen gibt es mindestens fünfmal hier. Wisst ihr nicht noch mehr dazu?«

Motter konnte uns wenigstens die Lage des Grabes

ihrer Großeltern beschreiben. Und tatsächlich, da war es.

»Wenn man Wasser über den Grabstein schüttet, kann man die Schrift wieder etwas besser entziffern«, erklärte uns Herr Roppelt.

»Muttl, du hast doch Trinkwasser im Rucksack mitgenommen!« Raffael war ganz aufgeregt. Ich war es auch, und so goss ich gleich unser Wasser über den Stein. Ja, jetzt war es eindeutig zu lesen. Zusätzlich fuhren wir die vertiefte Schrift mit dem Finger nach:

Hier ruhen
Michael Imbrich
Geb. 1872 gest. 1921
und seine Söhne Samuel und Johann …

»Ich kriege Gänsehaut«, sagte Raffael.

Auch mich beschlich ein seltsam heiliges Gefühl, als wir an »unserem« Grabstein Stellung bezogen und Herr Roppelt mit uns ein Foto machte. Ja, wir waren zwei Tage lang mit meiner alten Mutter hierhergefahren, und es war anstrengend gewesen, doch hier lag in fremdem Boden ein Teil von uns selbst.

Wir bedankten uns sehr herzlich bei Herrn Roppelt für die Führung. Dann zog es uns weiter nach Törnen. Was würde uns dort erwarten?

Angekommen in Motters Heimat

In Törnen/Păuca war der Asphalt aufgerissen. Das alte Törnen, wie ich es bei meinem letzten Besuch als Jugendliche noch kennengelernt hatte, sollte nun erstmals eine Kanalisation bekommen. Wir waren also gerade noch rechtzeitig angekommen, um die Erzählungen meiner Mutter authentisch und hautnah erleben zu können, bevor die Zivilisation auch hier im Dorf Einzug hielt.

»Fahr hier langsamer«, bat sie mich, als wir die ersten Häuser von Törnen passierten. »Hier wohnten die Makkali, daneben die Dalnaatsch, dann die Geggesch, die Luponz, die Hanzen …« Motter wusste sie alle noch, die Sippennamen in Törnen, mit denen die Familien besser identifiziert werden konnten als mit den häufig gleichlautenden amtlichen Familiennamen. Ihre Häuser standen noch, doch die Fensterläden waren geschlossen und verriegelt, der Putz blätterte ab, wilde Gräser wucherten vor den großen Einfahrtstoren, die einst die Pferdewagen aufgenommen hatten. Unterschiedlich getüncht und mit ursprünglich reich verzierten Giebeln reihte sich in dem für die Region typischen Langdorf Hausfront an Hausfront entlang der Straße, wobei sich je zwei Häuser eine Hauswand teilten. Die Gärten dahinter erstreckten sich oft kilometerweit den Hügel hinauf. Dann fuhren wir in die Adresse »Hinter den Gärten« ein, der einzigen Straße im Dorf, die rechts von der Hauptstraße abzweigte.

Meine Cousine Sinni hatte uns ihr Elternhaus für unsere Familienzusammenkunft zur Verfügung gestellt. Hier durften wir unsere zwei Wochen lang wohnen. Sinni hatte mit ihrer Familie sofort nach der Öffnung der Westgrenzen 1990 Haus und Hof verlassen, so wie die meisten anderen Siebenbürger Sachsen auch.

Zwei Häuser weiter vorne in der Reihe stand Motters Elternhaus, das ihrem Bruder Georg gehörte. Er war mit seiner Frau Maria sowie seiner Tochter Maria auf Besuch in seinem Haus. Bis zur Wende hat er mit seiner Familie hier gewohnt. Auch sie sind dann so schnell wie möglich ab in den Westen. In den Schwarzwald, wohin es die Schwester seiner Frau nach dem Zweiten Weltkrieg verschlagen hatte. Mit Onkel Georgs Anwesenheit konnten wir sicher sein, ein wenig Erklärung zu erhalten zum Stand der Dinge im Törnen dieser Tage – und dem in Siebenbürgen, dessen einzigartige neunhundertjährige Vergangenheit wohl bald einfach nur Geschichte sein wird.

Ein schöner Zufall war es, dass Maria Henning und ihr Mann Martin als Nachbarn hier waren. Beide lebten in Deutschland, auch sie waren auf Besuch in ihrem eigenen Haus. Maria Henning hatte es vor drei Jahren ihrem Vater abgekauft, der inzwischen ebenfalls in Deutschland lebte. Ihren Jahresurlaub verbrachten Martin und Maria damit, das Elternhaus immer wieder zu renovieren und wohnfähig zu erhalten. Sechzehnhundert Kilometer von ihrem jetzigen Wohnort in Bayern entfernt.

Maria führte uns zu einer der wenigen Siebenbürger Sächsinnen, die noch dauerhaft im Dorf wohnten. Diese passte das Jahr über auf das Haus meiner Cousine Sinni auf. Maria ging mit uns zum Hintereingang, der an unserer Straße lag, und rief in ihrem alten siebenbürgisch-sächsischen Dialekt hinein:

»Mai-Maun?«, also: »Tante Maria?«

»De Mai-Maun es net hae, dinken ech, owwer ech well se amoll uroffe«, antwortete eine Frau aus dem Nachbargarten und legte ihr Handy ans Ohr. Die Gerufene war aber doch zu Hause und kam heraus, ebenfalls das Handy in der Hand.

»Wott äss, Enno? Haj jo, de Geest sänn hae!«, rief sie. »Äch wäll norr de Schlässel hiulen.«

Als ich mit dem Campingbus über die enge, von einem Wassergraben begrenzte Straße rückwärts in die Hofeinfahrt einfahren wollte, waren die beiden Hennings so nett, mich von rechts einzuweisen. Da war auch der rumänische linke Nachbar aus seinem Haus getreten und dirigierte mich von seiner Seite.

Die Mai-Maun, die mir den Schlüssel gegeben hatte, rief mit kräftiger Stimme von hinten dazwischen, und Enno, ihre Nachbarin, bedeutete mir mit ausladenden Armbewegungen mal links und mal rechts, wie ich vielleicht lenken sollte. Ein anderer Rumäne hatte sein Pferdefuhrwerk angehalten, zündete sich gemütlich eine Zigarette an und kommentierte das Geschehen mit seinen Kopfbewegungen und lautstarkem »da, da« und mit »nu, nu«.

Schließlich war ich drin. Doch weiter nach hinten zu stoßen, den ansteigenden Rasenstreifen im Hof mehr nach oben zu fahren, war nicht möglich – über dem feuchten Lehmboden rutschten mir nun die Vorderreifen weg.

»Oh, das tut mir leid, ich habe heute Wäsche gewaschen, und das Wasser läuft ja den Hügel hinunter auf die Straße. Jetzt ist alles nass«, entschuldigte sich Maria, die 35-jährige Tochter meines Onkels Matthias im übernächsten Haus, die inzwischen ebenfalls unserer Ankunft beiwohnte.

Also blieb das Hoftor für diese Nacht offen stehen.

»Es passiert nichts!«, versicherten mir Martin und Maria Henning.

Erst in späteren Gesprächen erzählte uns Maria, meine Cousine, dass erst kürzlich nachts um drei zwei Gestalten an ihrer Hoftür gerüttelt hätten und die Familie sie erst durch das lautstarke Zeigen ihrer

Anwesenheit vertrieben hätte. Viele der Höfe sind seit dem Abwandern der Siebenbürger Sachsen nach Deutschland gänzlich verlassen oder werden allenfalls vier Wochen im Jahr als heimatlicher Urlaubsort besucht. Da könnte es noch was zu holen geben …

Doch in den Folgetagen hat niemand Wäsche gewaschen, die Straße blieb trocken, und ich konnte trockenen Reifens weit genug die Wiese hochfahren und das Tor des Nachts schließen.

Ein ungewohntes Leben

»Du kannst meine Pumpe am Brunnen benutzen«, bot Martin meinem Sohn Raffael an. »Du musst nur, wenn das Wasser trüb wird, immer wieder zwei Stunden warten, dass es sich klären kann, bevor du weiterpumpst.«

Eine volle Zweihundert-Liter-Tonne würde uns für die nächsten Tage reichen, meinte er.

»Ans Duschen so wie daheim in Deutschland brauchst du hier gar nicht zu denken!«, erklärte Martin lachend. »Früher haben wir auch nicht geduscht! Einmal pro Woche ein bisschen mehr waschen als das Gesicht – wir kamen nicht mal auf eine andere Idee!«

Auch mein Campingbus bot uns keine Dusche, er war zugunsten von mehr Platz nur mit einem Mini-Wasserbecken ausgestattet.

Auf einem kleinen Betonpodest im Hof stellten wir also eine blecherne Waschschüssel ab, die wir im Haus gefunden hatten. Nachdem Motter sich darin die Hände gewaschen hatte, stand Raffael ratlos daneben.

»Und ich?«, fragte er.

»Na, du auch!«, antwortete ihm Motter.

Zögerlich und mit widerstrebendem Gesichtsausdruck wusch er sich im selben Wasser die Hände. Motter stand daneben und lachte. Und hatte für die nächsten Tage eine Geschichte über die verwöhnten jungen Leute zu erzählen.

»Unser Brunnen war zwanzig Meter tief!« Stolz berichtete sie von der Wasserversorgung in ihrem Elternhaus zwei Häuser weiter. »Dieser hier bei Sinni ist nicht so tief. Ich will gleich hinübergehen zu meinem Bruder. Nirgends mehr habe ich so gutes Wasser getrunken!«

Dann verlangte sie nach ihrem Gehstock. Mit ungeahnter Energie und Geschwindigkeit war sie schon auf dem Weg nach drüben zu ihrem Bruder. Habe ich eigentlich schon erwähnt, dass Motter ebenfalls Maria heißt?

Den langgezogenen Hof, welcher zu gleichen Teilen aus einem Gartenanteil und der Wiese bestand, schloss parallel dazu ein langer, meterbreiter Betonstreifen unmittelbar vor dem Haus ab. Er verhinderte, dass man direkt aus der erdigen Wiese ins Zimmer trat.

Nun ging ich in die gute Stube hinein und fühlte mich augenblicklich um vierzig Jahre zurückversetzt. Hier hatte sich früher, erinnerte ich mich, die Familie zum Essen versammelt. Der Geruch nach trockener Erde und geräuchertem Speck hing noch genauso wie damals in der Luft. Köstlich war er gewesen, der gut abgehangene Speck, so zart und aromatisch, wie ich ihn seither nie mehr gegessen habe. Vor meinem inneren Auge sah ich meine Tante, wie sie den riesigen Brotlaib mit der linken Hand vor der Brust festhält und mit der kräftigen rechten Hand das große Messer hindurchführt, um dicke Kanten für die Familie und uns Besucher abzuschneiden. Der Speck war in fingerkuppengroße Würfel geschnitten. Wir führten sie mit der Hand in den Mund, und von der Paprika – die damals erst langsam in den deutschen Supermärkten auftauchte – schnitt man sich Streifen ab und tauchte sie in Salz. Was für ein herrliches Festmahl war das für eine siebzehnjährige Schülerin aus München!

Über dem Tisch mit den sechs Stühlen hing noch derselbe säuberlich auf weißes Leinen mit rotem Garn und reichlich Ornamenten versehene handgestickte Sinnspruch, wie ihn auch ein altes Foto in meinem Jugendfotoalbum zeigt:

Hab auf der Welt die schönsten Stunden
doch nur in meinem Heim gefunden.

Ein alter Schrank steht da, mit Geschirr und Töpfen. Daneben ein unbenutzter Herd, mit Ofenrohr an den Kamin angeschlossen, aber mit einem handbestickten Tischtuch säuberlich abgedeckt, weil im Winter niemand hier ist.

Und eine Truhenbank, also eine hölzerne Sitzbank, die im ausgezogenen Zustand ein eingesenktes Bett enthält. In der Ecke zwischen dem Zugang und einer Tür zu einem zweiten Zimmer, das nur ein Fenster zum Hof hat, steht ein Holzgestell mit Vertiefung, in welche die große Familienwaschschüssel hineinpasst. In diesem Zimmer fanden wir ein Bett, das wir für Motter bereitstellten, und einen Strohsack am Boden, über den sich Raffael freute. »Ich habe noch nie auf einem Strohsack geschlafen!«, schwärmte er. »Sehr ökologisch ist der!«

Damals, vor vierzig Jahren, stand an dieser Stelle das schmale Truhenbett von drüben, das als Schlafplatz für drei der sechs Kinder der Familie diente. Man hatte es für mich freigemacht, und die drei Jungen hatten ganz selbstverständlich im Heuschober geschlafen.

Fünf Schritte weiter aufwärts den Hügel hinauf, immer dem Garten- und Wiesenstreifen entlang, kamen wir in den zweiten Eintritt, der in das dritte und letzte kleine Zimmer führte. Darin ruhte ein alter Küchenschrank, daneben ein Tisch mit Plastikdecke, auf der zwei elektrische Kochplatten standen. Sechs einfache, abgestoßene Holzstühle umrahmten einen hölzernen Esstisch, dessen untere Verstrebungen von den Füßen der sechs in diesem Haus aufgewachsenen Kinder abgewetzt waren. Dahinter eine weitere Truhenbank, die ausgezogen war. Darin lag ein weiterer Strohsack, auf dem mit romantischer Freude dann meine Tochter Lisa mit ihrem Mann und der vierten Generation, Motters zehnjährigem Urenkel Vinzent, schlafen würde. Die drei hatten den Siebenbürgentrip mit einer Balkanreise verbunden. Auch meine beiden ältesten Söhne Dominik und Markus, siebenunddreißig und fünfunddreißig, hatten inzwischen das Flugzeug nach Sibiu genommen und waren mit dem preiswerten Taxi zu uns gestoßen. Sie genossen es, in der Scheuer auf Heu zu schlafen.

Es fiel uns nicht leicht, uns hier zu organisieren. In diesen kleinen Räumen sollten wir alle unsere Getränke und Lebensmittel unterbringen, also Fleisch, Gemüse, Obst, Wein, Bier, Wasser – alles in dieser Enge und noch dazu unübersichtlich. Und wohin überhaupt mit dem Müll? Direkt vor der offenen Tür wartete schon die erbarmungslose Septemberhitze dieses südlichen Landstrichs.

Motter übernahm wie selbstverständlich das Kommando.

»Du holst Wasser vom Brunnen! In der großen Blechschüssel!«, befahl sie Raffael.

»Und das gebrauchte Wasser – das muss ich dann immer bis zum Abfluss beim Brunnen tragen?«, maulte er.

Verständnislos schüttelte sie den Kopf. »Das kippst du doch in den Garten!«

Als ich draußen vor der Tür einen Komposteimer aufstellte, schon wieder Kopfschütteln. »Das wirfst du auch in den Garten. Sonst kommen die Mücken hier rein.«

Pfirsichkerne, Apfelbutzen, Paprikastrunke, die Reben der im Garten gepflückten Weintrauben – also gut, wir ungeübten Städter lernten, dies alles einfach über die Wiese in den Garten zu werfen und größere Reste gesammelt abends zum vertrockneten Komposthaufen zu bringen. Der befand sich hinter der Scheuer, die das Grundstück der Breite nach abriegelte. Dort hinten, wo wir auch das Plumpsklo gefunden hatten.

»Die Scheuer haben hier alle Bauern in die Quere gebaut, das bremst den durchziehenden Wind«, erklärte uns Motter fachmännisch. Und immer wieder mahnte sie uns: »Macht doch endlich mal die Türe zur Scheuer zu! Sonst kommen die Tiere rein.

Weidende Schafe und Pferde, Füchse, streunende Hunde, früher auch der Wolf. Ich weiß noch, wie mein Vater mit dem Stock in der Hand ...«

Im Bann der Kirchenglocken

Meine Cousine Maria begleitete uns den Hügel hinauf zum Friedhof und zeigte uns die Gräber unserer gemeinsamen Törner Urgroßeltern. Außer Wasser hatte ich diesmal noch einen Bleistift sowie Papier mitgenommen, um die zu erwartenden verblassten Schriften nachzufahren und sie abzuschreiben.

Am Sonntag wollte Markus, mein Zweitgeborener, sehen, ob eine Messe gehalten würde. Nein, nichts. Prüfend sah er auf den Glockenturm der alten Kirche. Ich wusste, was er dachte. Doch im Pfarrhaus war niemand zu Hause, um uns den Schlüssel zu geben.

»Komm Muttl, das schaffen wir. Ich mach dir 'ne Räuberleiter.«

Mir wurde heiß. War das nicht Hausfriedensbruch? Oder war es Kirchenschändung? Unheilig?

Doch dann war mir sein Interesse an unserer gemeinsamen Geschichte wichtiger als Recht und Ordnung, und ich hoffte, auch der Pfarrer würde das so sehen. Wahrscheinlich wohnte der auch schon längst in Deutschland? Wir aber würden nie wieder in dieser Zusammensetzung nach Törnen kommen.

Nicht mit und nicht ohne Motter. Also: Ruckzuck schob er mich nach oben und zog sich selbst an einer vorstehenden Verstrebung hoch.

Da hing sie, eine große bronzene Glocke, mit den eingegossenen Lettern:

Gewidmet von euren Landsleuten
aus Amerika 1926.

Schon damals überlebte Siebenbürgen eine Auswanderungswelle. Wie würde es heute weitergehen?

Zwei Tage zuvor war ich mit Dominik, Markus und Lisa in Bußd, Landkreis Mühlbach, gewesen, wo mein Vater geboren wurde. Er war als Soldat zur deutschen Wehrmacht eingezogen und nach amerikanischer Kriegsgefangenschaft 1946 nach Westdeutschland entlassen worden. In Bußd hatten wir mit Motters Hilfe das Haus meiner Oma gesucht. Doch wir fanden nur noch einen Acker vor. Nach einigen Minuten nachdenklichen Schweigens ging ich zum Auto und holte eine Tüte. Ich bat Dominik, sie mir aufzuhalten und schaufelte mit den Händen Erde hinein. Daheim in München würde ich sie in einem dekorativen Glas ins Regal stellen – und vielleicht »Heimaterde« draufschreiben?

An der Biegung, hinter der man zu Voters Haus kam, stand die alte Wehrkirche von Bußd. Welch

Die alte Wehrkirche von Törnen ist eine der kleinen ihrer Art. Etwa 150 mächtige Wehrkirchenanlagen in Siebenbürgen zeugen noch heute von der Notwendigkeit, im Mittelalter die Region gegen Türken und Tataren zu verteidigen. Mehrere Kirchenburgen gehören heute zum UNESCO-Kulturerbe.

eine Kraft sie immer noch ausstrahlte! Trotz der brüchigen Mauern. Auch hier ein Zettel mit der Adresse des Schlüsselinhabers, auch hier niemand zu Hause.

»Ich will da rein!«, hatte Markus schon an dieser Kirche gesagt.

Er suchte eine etwas eingebrochene Stelle an der den Kirchenanger umgebenden Mauer. Und schwupp war er im Kirchhof. Ebenso Dominik und seine Schwester Lisa. »Komm Muttl, du schaffst das!« Also auch ich. Ja, ich wollte die Neugier meiner Kinder unterstützen, mit allen Mitteln. Wir stiegen eine baufällige Holztreppe hoch und stützten uns gegenseitig, bis wir oben waren. Dort fanden wir eine große Überraschung, die uns spannende Rätsel aufgab. »Gewidmet von Georg Platzner 1926« war da in erhabenen Lettern auf der Glocke zu lesen. Den Grabstein von Georg Platzner hatten wir auf dem Friedhof in Bußd bereits gesehen. Platzner, das war der Mädchenname von Voters Mutter gewesen. Und nun? Niemand da, den wir fragen konnten. Voter war schon gestorben. Lange saßen wir vier schweigend um das morsche Gebälk und die Glocke herum, bevor wir vorsichtig wieder hinunter- und hinausstiegen, um mit Motter, die im Campingbus wartete, zurück nach Törnen zu fahren.

Für die Grillabende in unserem Hof in Törnen hatte Motter ein Lamm von einem Hirten im Dorf schlachten lassen. Sie genoss es, am Feuer reichlich von ihren Erinnerungen abzugeben und dafür, hier in ihrer Heimat, sehr interessierte Zuhörer zu haben. In München war das für ihre Enkel alles so weit weg gewesen.

Auf unserer Erkundungstour aber durch Törnen/ Păuca zeigte uns Motter – Raffael schob den Rollstuhl – auch den großen Platz im Ort, der letztlich ihr Leben verändert hatte und damit auch meines – ja, das von uns allen.

Heute steht an dieser Stelle ein neues Rathaus.

Am 13. Januar 1945, vor siebzig Jahren also, seien sie und ihre ältere Schwester von der rumänischen Polizei aus ihrem Haus gescheucht und mit achtundneunzig anderen deutschen Bewohnern des Dorfes an diesem Platz eingesammelt worden. Von hier seien sie bis zum Bahnhof im dreißig Kilometer weit entfernten Hermannstadt getrieben worden. Den Rest kannte ich aus ihren früheren Erzählungen. In Viehwägen hatte man sie zusammengepfercht und in ein Arbeitslager in die damalige Sowjetunion deportiert. Doch auf genau diesem Platz hörte es sich auch für mich anders an als an Motters Wohnzimmertisch in München. Hier, mit dem Blick zur alten Wehrkirche oben auf dem Hügel, wo die Siebenbürger Sachsen sich und ihr Land schon Hunderte Jahre zuvor gegen Einfälle von Türken und Tataren verteidigt haben. Hier hätten damals, berichtete Motter, die rumänischen Polizisten im Spalier gestanden und ihre Prügel angewandt, damit niemand ausbüxte. Herzzerreißend, sagte sie, sei das Weinen und Schluchzen gewesen, morgens um sieben, als zu den gestrengen Rufen der Gendarmen die Kirchenglocken vom Hügel herunterläuteten.

Über diese und weitere Kriegswirren kam Motter nach München – und musste bleiben, unfreiwillig, ein Flüchtling, wegen der damaligen politischen

Gegebenheiten. Sie lernte unter den Flüchtlingen meinen Vater kennen, der aus Bußd stammte. So wurde ich in München geboren und nicht in Törnen. So heiße ich nicht Maria und lernte nicht, Ochsenkarren zu führen, sondern durfte aufs Gymnasium und studieren. So wie meine Kinder auch.

Heute hat Motter in München eine rumänische Pflegekraft, sie heißt Loredana. Sie spricht kein Deutsch. Das muss sie auch nicht, denn Motters Rumänisch, das sie bis zu ihrer Deportation mit neunzehn Jahren nur als Fremdsprache praktiziert hatte, ist noch überraschend gut. Loredana ist sehr nett. »Obwohl sie Rumänin ist«, sagt Motter. Sie hat den Rumänen verziehen. Und freut sich am meisten darüber, dass Loredana so kocht »wie zu Hause«.

Als Muttl in Türkiye

Eine Türkeireise, Variante zwei

Ich hatte ganz gut verdient, das wusste meine Schwester. Also hatte ich keine Ausflucht: Ich musste mit. »Meine drei wollen immer nur Sport machen«, sagte sie. »Dann sitze ich alleine rum. Komm doch mal mit, dann können wir endlich wieder ausgiebig ratschen!«

Einige Wochen später schrieb ich an meine Kinder:

»Lieber Dominik, liebe Lisa, lieber Markus, lieber Raffael (diesmal nicht in der Reihenfolge eures Alters, sondern zur Abwechslung mal in alphabetischer Reihenfolge),

vor ein paar Tagen sind wir in Antalya gelandet. Niemals hätte ich ohne Nicole einen solchen All-inclusive-Urlaub gebucht, ihr wisst das. Seit ich nicht mehr mit eurem Papa zusammen bin, haben wir gemeinsam viele Campingurlaube gemacht, und ich liebe das freie Leben beim Campen über alles. Doch nun melde ich mich aus »Hotelurlaub extrem«. Denn Nicole hat mich überredet.

Und, Überraschung: Ich bin begeistert.

Wäre ich ein Natur-Purist, müsste ich freilich dies alles ablehnen: Die ganze Hotelanlage als solche, in die wir Mitteleuropäer mit unseren eigenen Werten reingedätscht sind, mitten in fremdes Leben, in eine fremde Kultur, Hauptsache Urlaub am Strand. Ginge gar nicht, passte überhaupt nicht, wäre ich Puristin.

Aber kaum war ich hier angekommen, habe ich das alles auf einen Schlag vergessen. »Willkommen im Club Sonnenparadies« steht in großen Lettern über dem Eingang. Und nicht umsonst heißt er Club.

Wir leben hier in einem Riesenareal, einige Quadratkilometer geschütztes Paradies mit vorne Meer und hinten Gebirge. Mehrere Hundert Häuser verteilen sich über das Gelände, sie sind zwei- bis höchstens dreigeschossig und bringen jeweils eine Reihe von geräumigen Hotelzimmern unter. Damit man seine eigene Hoteleinheit leicht wiederfindet, sind die Gebäude wie kleine Inseln gruppiert, und diese tragen Ordnungsnamen wie Sonne, Mond und Planetennamen. Die aber scheinen noch nicht zu genügen, denn ich habe auch Einheiten mit der Bezeichnung Meer, Wasser, Strand, Sand und Ähnlichem gesehen. Die Grünflächen zwischen den Gebäuden tragen Straßennamen wie *Pinienwald* oder *Zu den Palmen* oder *Auf der Wiese*. Ja, alles auf Deutsch.

Ein praktischer Vorteil dieses Cluburlaubs ist, dass alles inkludiert ist, neben Essen und Trinken auch Sportkurse ohne Ende. Diese werden immer von Profitrainern geleitet. Eine muskulöse und durchtrainierte Schiedsrichterin stellt mehrmals am Tag zu den festgelegten Zeiten ein Beachvolleyball-team zusammen. Freundlich und bestimmt bringt sie uns die aktuellen Spielregeln nahe. Yoga, Stret-ching, BauchBeinePo, XCO Shape, Faszientraining, all die modernen Trends, alles schon da. Und zum Spinning stehen geschätzte hundert Indoor-Bikes in der großen Sporthalle herum.

Schwimmen geht sowieso immer, das Meer hat eine angenehme Temperatur. Am Abend Sauna. Alles schick, neu, modern, mit viel Marmor, viel Holz, viel Handtuchregal, viel kuscheligem Bade-mantel, viel edler Ruhezone, rein gar nichts Gam-meliges, wie wir es auf unseren Campingplätzen erlebt und auch geliebt haben – immer nur sauber ist es hier.

Ich werde nach dieser Woche topfit nach Hause kommen.

Aber auch kugelrund.

Denn das Essen ist der Wahnsinn. Diese Auswahl an appetitlich hergerichteten Buffets, ja, ihr habt richtig gelesen, mit unzähligen, jeweils fünf bis zehn Meter langen Festschmaustafeln: Salatbuffet, Fischbuffet, Leichte-Kost-Buffet, Fleisch-von-Lamm-Buffet, Fleisch-von-Rind-Buffet, Fleisch-von-Huhn-Buffet, und für uns Touristen gibt es in dieser Isolation auch ein Fleisch-von-Schwein-Buffet. Alles wird vor unseren Augen zubereitet, auch Fisch vor unseren Augen gebraten, Gemüse in gefühlt fünfzig herrlichen Variationen, und natürlich gibt es auch ein Nachspeisenbuffet, bestehend aus allerlei kunstvoll aufbereiteten Leckereien aus den verschiedensten Regionen, dazu immer frische, appetitlich geschnittene und raffiniert aufgetürmte Früchte. Allerlei Getränke, Tee, Kaffee, Bier und Tischwein inklusive, das heißt, man muss niemals überlegen: Will ich mir noch eins leisten? Man holt einfach. Gefährlich. Der Sonnenparadies-Club ist ein deutscher Club. Das bedeutet für alle gestressten deutschen Manager und Co., dass man sich kein bisschen umstellen und mit einer fremden Sprache anstrengen muss. Auch das Personal spricht Deutsch, die Gäste sowieso. Sie sind eine entspannte Mischung aus allerlei Berufs- und Altersgruppen. Noch haben einige Bundesländer Ferien, sodass auch Familien mit Kindern hier sind. Und wir. Das Club-Konzept gibt vor, dass sich die Menschen auch an den Esstischen mischen. Man setzt sich zu anderen an den Achtpersonentisch und sucht das gemeinsame Gespräch – bisher war das für mich immer anregend. Es gibt bewusst kein WLAN im Restaurantbereich.

Natürlich aber genieße ich es auch, nach langer Zeit wieder viel Zeit mit meiner Schwester zu verbringen und mich mit ihr upzudaten, neben all den vielen Animationen zum Sport, die wir alle fünf gerne mitnehmen. Euer Onkel Hans-Dieter ist nämlich auch dabei, aber auch eure Cousinen Tamara und Susanne nehmen so einen Cluburlaub mit ihren Eltern gerne mit.

Kurz gesagt: Nicole hat mit mir nicht den Ratsch-Spaß, den sie sich erhofft hatte. Denn auch ich erlag den Verlockungen der zahlreichen und vielfältigen Sport- und Animationsangebote. Ich habe seit dem ersten Tag einen Riesenmuskelkater, den ich bis zum Ende mit immer neuen sportlichen Aktivitäten übertünchen werde. Und ich habe einen Riesenfettbauch, der wächst und wächst und nicht zu übertünchen sein wird.

Fazit: Ich habe keine Vorstellung davon, in welchem Land ich bin, noch davon, was für Probleme draußen ringsherum dieses Land bewegen, aber es ist geil hier. In ein paar Tagen steigen wir wieder in den Flieger. Und wo waren wir?

Herzlichst
Euer Muttl

Eine Türkeireise, Variante eins

Nach meiner Scheidung dauerte es ziemlich lange, bis ich als Freiberuflerin genügend Aufträge an Land ziehen konnte. Also war geldmäßig erst mal Ebbe auf meinem Bankkonto gewesen. Ich war selig, als ich bei einem Gewinnspiel (ja, ich hatte alles ausprobiert!) eine Reise gewonnen hatte: eine Woche Türkei im April, als die Hotels noch leer waren. Doch sei schon mit Badetemperaturen zu rechnen, las ich im Netz. Peter, mit dem ich seit sechs Jahren eine zweite Ehe gewagt hatte, war Lehrer und daher auf die Ferien angewiesen. Also tat ich den Schritt allein. Nur Taschengeld musste ich mitbringen, ich hatte mich auf hundert Euro für diese Woche beschränkt. Ich schrieb an meine Kinder:

Lieber Raffael, liebe Lisa, lieber Markus, lieber Dominik (zur Abwechslung fange ich altersmäßig von hinten an),

ich habe den zeitlich sehr knappen Flugtermin sofort angenommen und bin los, das wisst ihr – freilich hatte ich im Job noch viel zu organisieren und kaum Zeit, mich vorzubereiten. Ich habe noch nie im Leben an einer organisierten Reise teilgenommen und hatte große Vorbehalte. Bisher waren wir ja immer auf eigene Faust in den Urlaub gefahren. In der Türkei bin ich noch nie gewesen. Was wusste ich wirklich von der Türkei? Erbärmlich wenig. Und dann durfte ich so viel Interessantes erleben!

Ich lasse mal den ersten Tag, der von Anreise und erster Orientierung geprägt war, aus und beginne gleich mit dem zweiten:

In das Reiseprogramm, wie es zusammengestellt und angekündigt worden war, gehörte eine Busfahrt in das Innere Anatoliens, nach Pamukkale. Man startete von Antalya aus, wo wir die erste Nacht im Hotel verbracht haben. Antalya hat mehr Einwohner als München! Mein Doppelzimmer teilte ich mit einer Frau aus Germering, den Einzelzimmeraufschlag wollte anscheinend auch sie sich nicht leisten. Aber sie ist nett.

Der Reiseführer, Dr. Yıldız (ja, so heißt er wirklich! Das bedeutet »Stern«. In Deutschland würde er wohl Müller oder Schmidt heißen), ist Germanist, spricht also perfektes Deutsch und gibt der Reisegruppe sehr viele interessante Infos über die Türkei, die soziale Struktur, das Schulsystem, über Wirtschaft und Geschichte. Leider habe ich mir nicht alles merken können.

Wir fuhren über eine Passstraße durch das Taurusgebirge. Der Sandstein muss recht weich sein, denn er ist stark zerklüftet. Beforstung verhindert Erdrutsche und Steinschlag. Mein Herz ging auf bei so viel wunderschöner, wilder Natur! Wir fuhren an Termessos vorbei, das ist eine antike Zollstadt. Schon Alexander der Große, weiß man, hätte es gerne eingenommen, doch schaffte er es auch mit seinen Truppen nicht, denn das »Adlernest« ist mitten in wilde Klippen hineingebaut und liegt auf tausend Metern Höhe.

Anfang Mai kommen die Störche aus Afrika, dann ziehen die Nomaden aus den niederen Hügeln hoch in die kühlen Berge, hier bleiben sie bis Ende August. Ziegen sind ihr Kapital. Pro Familie siebzig bis achtzig Stück. Reichere Hirten weben ihre Zelte aus Ziegenhaar – das kühlt im Sommer und wärmt im Winter. Weniger reiche binden dunkelbraunes Sackleinen mit Schnüren an Plastikplanen fest.

Dann wieder breiten sich großflächige Apfelplantagen über die Hochebene aus. An die vergitterten Luxusvillen für die Reichen aus der Stadt, die den Sommer hier im kühlen Hochland verbringen, schließen sich kleine Siedlungen mit Häusern der Ärmeren, nein, der Armen an, vier Wände, ein Dach, fertig.

Unaussprechliche Ortsschilder begleiteten uns. Wir reisten komfortabel mit Klimaanlage in einem Mercedes-Bus, der nur halbvoll war, und jeder bekam einen Fensterplatz.

Auch Pausen waren eingeplant. Das Abenteuer »Türkisches Dorfklo« blieb uns erspart, denn der

Busfahrer hielt an einer Tankstelle für Touristen, die uns Kloschüssel, Waschbecken, Klopapier und Sauberkeit bot.

Wir fuhren durch Korkuteli. Pferde zogen Zementsäcke, Wassermelonen, Auberginen und andere Waren durch die kleine Stadt. Die Bevölkerung hier oben entsprach dem Bild, das mir türkische Gastarbeiter in meiner Kindheit vermittelten: dunkler Teint, kleine Statur, leicht lockige schwarze Haare, eine ausgeprägte Nase, gebeugte Haltung, der Gesichtsausdruck eher verkniffen als fröhlich.

Auf der Weiterfahrt begleitete uns kilometerweit links und rechts überall nur spärlich bewaldete, weiche Hügellandschaft, die den Anschein von Sanddünen vermittelt. Ganz oben auf den Bergen glänzen noch Schneefelder.

Wenige, sehr einfache Häuser, kleine viereckige Kästen mit Dachbedeckung, ducken sich in die Landschaft.

Dann wieder bergige Steinwüste. An einem Steinbruch erkennt man die harte Struktur der Felsen, die die Verwitterung in ein unendliches Steinmeer aufgelöst hat. Nur weil sie sich bewegten, konnte ich die vielen Schafe zwischen den Steinen erkennen. Wäre ich ein Schaf, ich hätte bei jedem Tritt die Sorge, eine Steinlawine loszutreten!

Es erschien ein kleines Dorf mit Bergfriedhof am

Straßenrand. Nur auf sehr neuen Grabsteinen sind noch die Namen der Verstorbenen lesbar, denn Gräber werden im Islam nicht gepflegt. Man pflegt die Lebenden, Vater und Mutter stehen hoch im Kurs. Die wenigen Häuser im Dorf zeigten alle dasselbe Bild: Zum Frühjahrsputz wurden die Teppiche nass gereinigt und nun draußen zum Trocknen aufgehängt. Bunt und putzig zierten sie die Stangen, die zur Grundausstattung der Häuser gehören, jedes Haus hat eine. Bei den meisten Häusern fiel es mir aufgrund des Außenzustandes schwer, mir im Inneren Teppiche vorzustellen. Wo auch sollen sie Materialien herhaben? Ein kleines Geschäft ist in eines dieser winzigen Wohnhäuser integriert und führt nur die nötigsten Waren. Zum nächsten Baumarkt in der Stadt wäre es eine Tagesreise. Nach einer Stunde Fahrt erhoben sich immer noch unendliche Bergweiten hinter ausgedehnten Tälern, doch immerhin entdeckte ich vereinzelt Häuser, irgendwo oben im Felsen oder weit nach hinten hineingedrückt, abseits und fern der Straße.

Wir passierten einige Nomadenfamilien, die eine Ebene nahe der Straße für sich nutzten. Unter Plastikfolie, die sie vor der Witterung schützen sollte, saßen sie auf Holzpflöcken. Rings um sie her hüpften Hunderte von Ziegen, schwarze, braune, weiße.

Nach einer Bedürfnispause fuhren wir eine

weitere Dreiviertelstunde bis Pamukkale und verließen den Bus direkt an einem Restaurant, wo Tische für die Reisegruppe reserviert waren.

Da mein Gewinn nur Frühstückspension beinhaltet und ich keine Halbpension hinzugebucht hatte, suchte ich ein Gartenplätzchen, um die am Vortag noch in Antalya gekaufte Wurst und mein *Pide*-Brot zu essen, und fand einen wunderschönen, beschaulichen Steingarten mit Wegen, Wasserläufen, Plätscherbrunnen und seltenen Vögeln, der wie ein verschlungener Irrgarten angelegt ist. Selbst im Schatten der lichten Grüneinpflanzung – den Bäumen wurden die Kronen abgeschnitten – war es wunderbar warm, das Wasser und die Vogelstimmen erzeugten in mir paradiesischen Frieden. Ich verzog mich in den letzten Winkel, genoss dieses sonnige Fleckchen Erde und war froh, nicht an den Tischen der Reisegruppe zu sitzen. Mein Brot aß ich dann doch ohne Wurst, denn beim ersten Biss musste ich wohl eine ganze Knoblauchzehe getroffen haben, und ich hatte nicht vor, von den Mitreisenden deswegen geächtet zu werden.

Dann hörte ich von Weitem die Reisegruppe schnattern, das Essen schien beendet zu sein, und ich begab mich mal lieber an den Treffpunkt beim Bus.

Er fuhr uns zu einem von aus der Landschaft

herausstechenden Hotel, das mit seiner auffälligen Außenfassade in kräftigem Lila und Grün einen Blickfang mitten im großzügig angelegten Hotelpark darstellt. Apollon hält mit seinem Namen her. Die ausladende Eingangshalle empfing uns gastlich, und bis zum Boden reichende Fenster eröffneten den Blick auf einen Pool, in dem sich eine Handvoll Menschen tummelten. Sehr schnell fand ich mein Zimmer im zweiten Stockwerk. Gabriele war auch diesmal meine Zimmergefährtin, wie schon in Antalya. Nach ein paar höflichen Worten legte ich mich auf das Bett und schlief ein wenig.

Dann trieb mich der Hunger hinaus an die nahe gelegene Basarstraße. Ende April ist noch Wintersaison. Ich war als eine der wenigen Touristen gefundenes Fressen für die Zurufe der Basarinhaber: *T-Shirt ein Euro, Silberkette ein Euro, Bier ein Euro,* und in astreinem Deutsch mit türkischem Akzent: *Haben Sie einen Freund, Madame?*

Neugierig lief ich die Straße bis zum Ende, doch bekehrt ging ich zurück: Je weiter entfernt, desto weniger Deutsch fand ich auf den Menütafeln, bis sie nur noch rein in Türkisch gehalten waren.

Ich setzte mich in ein traditionelles Restaurant, das beides hat: Sitzen auf orientalischem Bodenteppich sowie einen türkischen Inhaber mit sauberem Duisburg-Deutsch. Er grillte mir schmackhafte

Hie und da finden sich noch Restaurants in der Türkei, in denen man an niedrigen Tischen, auf einem Teppich im Schneidersitz am Boden sitzend, sein Mahl einnimmt.

Lammkoteletts, seine Frau backte im Schneidersitz Teigfladen über dem offenen Feuer, die beiden Kinder servierten mir das Besteck und den Wein (ein Euro).

Zufrieden kehrte ich zurück ins Hotel, las noch ein bisschen und fiel weit vor Mitternacht in erholsamen Schlaf.

Der Wecker zeigte halb sechs, als der Muezzin aus der Moschee über weithin schallende Lautsprecher die Gläubigen zum Gebet aufrief. Doch Frühstück war erst ab neun.

Es gab Rosinenfladen, Schafskäse und Butter, die sehr säuerlich schmeckte, was ich jedoch meinem Schlafmangel anlaste. Nescafé war das höchste der

Kaffeegefühle. Aber schließlich hätte ich auch echten türkischen Tee trinken können.

Die Sonne schien warm und klar, das Programm der Reiseführung für den nächsten Tag war optional. Ich schätzte die Berge vor dem Hotel ab: Wege waren nicht zu erkennen, aber die Felsen wirkten nicht sehr steil, die Landschaft übersichtlich, ich würde mich nicht verlaufen. Vorsichtshalber fragte ich an der Rezeption, ob es gefährliche Tiere gebe. Meine Fantasie war beflügelt von Klapperschlangen. Oder leben die woanders? »Only sheep with dogs«, sagte der Rezeptionist. Als ich aufstieg, fand ich mich dann doch etwas mutig. Keinen richtigen Weg gab es, keine Menschen. Ich wurde belohnt mit zwei tellergroßen Schildkröten, die meinen Trampelpfad kreuzten. Und mit der Empfindung, mir hier ganz allein zu gehören, wie ich es jahrzehntelang nicht mehr erlebt habe. Sie erhob mich gefühlt bis zum Himmel hinauf! Auf halber Höhe entfuhr mir ein echter Freudenschrei. Ich erkannte in der Ferne das, wofür die anderen Bustouristen teuer bezahlt hatten: die schneeweißen Felsen von Pamukkale! Sie sind durch Kalkablagerungen aus den heißen Quellen entstanden, habe ich gelesen. Ich musste mich entscheiden. Einerseits hatte ich beim Start hierher eine große Vorfreude empfunden bei dem Gedanken, den Gipfel zu ersteigen. Doch dieses Pamukkale dort drüben reizte mich nun ebenso sehr.

Würde ich beides schaffen? Dann wurde mir die Entscheidung leicht gemacht. Die Büsche wurden immer dichter und struppiger, stacheliger Wacholder pikste sehr unangenehm, und Weg war nun gar keiner mehr zu erkennen – das alles machte ein Vorwärtskommen unmöglich.

Es war erst Mittag. Ich legte mich erst mal auf einen ausladenden, glatten Felsen und genoss die Sonne. Da nur mein Körper müde war, erfreute ich meinen Geist mit einigen Seiten aus meinem Taschenbuch.

Kurz bevor ich schließlich im Tal ankam, wurde ich freudig überrascht: Die antike Stadt Hierapolis, die der Reiseleiter mit der zahlenden Gruppe ebenfalls besuchte, lag auf meinem Weg zu den Kalkterrassen. Schon wieder hatte ich Anlass, mich zu freuen, dass mir meine spontanen Entscheidungen die Erlebnisse wie Geschenke zufallen ließen. Vielleicht wurde ich auch magnetisch angezogen? Denn ich liebe antike Fundstätten. Ein weit ausgedehntes Areal von Hunderten, vielleicht Tausenden steinernen Ein-Mann-Mausoleen mit Spitzdach lag vor mir. Und ein riesiger Parkplatz mit geschätzten fünfzig Touristenbussen. Von den Führern der Reisegruppen konnte ich immer wieder einige Wörter in Deutsch, Englisch und Französisch aufschnappen und mir so etwas Wissen aneignen.

Die Ruinen von Hierapolis sind nur eines von vielen Zeugnissen berühmter alter Kulturen in Kleinasien. In der Gegenwart ziehen sie viele Besucher an und bieten eine beliebte Kulisse für Feierlichkeiten.

Einige große Mausoleen für die Reichen mit ihren Sklaven wurden nachvollziehbar rekonstruiert. Hinter dieser Nekropole schließt sich erst die eigentliche Stadt an. In vorhellenischer Zeit ist Hierapolis erbaut und unter anderen von Hethitern und Lydern bewohnt worden, danach gaben auch die Römer ihren Senf dazu, zuletzt unter Diokletian (im dritten Jahrhundert vor Christus), der die heißen Quellen in der Gegend sehr schätzte. Aus der Größe des Theaters mit seinen fünfzehntausend Plätzen zieht man Schlüsse auf die Größe der Stadt: Sechzigtausend Einwohner haben diese beeindruckenden Steinquadermassen hinterlassen. Heute vermehren sich hier in aller Ruhe ellenlange, braungraue Geckos.

Doch tiefer wollte ich nicht in Recherchen eintauchen, die lange Wanderung bergauf-bergab durch die heiße Sonne hatte mich ermüdet. Deshalb war mir das Bad »Antiques Terme« willkommen. Schon der reine Anblick des fließenden warmen Wassers unter Palmen erfrischte mich trotz der Touristenplastiktische mit Pommes und Nescafé in Kunststoffbechern. Ich trank einen solchen Kaffee und beobachtete die fröhlich Badenden. Wäre ich für alle Eventualitäten auf meiner Spontantour gewappnet gewesen, hätte ich nun auch noch Badesachen dabeigehabt. Ich hatte München vor drei Tagen bei einer Temperatur von zwei Grad verlassen!

Hier blüht der rote Mohn, die Weinstöcke bilden gut sichtbare Rispen aus, die Feigen sind walnussgroß. Die weißen Kalksinterterrassen sind ein Spaß für Seh- und Tastsinn. Man darf sie nur barfuß betreten, das warme Quellwasser strömt knöchelhoch und angenehm über die Füße. Ich lief bis weit hinunter, mal durch leicht fließendes, von der Sonne angewärmtes Wasser, mal auf den getrockneten schneeweißen, vom Wasser fein abgerundeten Kalkfelsen.

Es ist Platz für Tausende von Touristen aller Nationen. Das internationale Lächeln aus den gekitzelten

Fußsohlen verbindet sie alle miteinander. Und ich höre sehr gern, dass das warme Quellwasser auch noch um zehn Jahre verjüngt!

Inzwischen war der Nachmittag fortgeschritten und ich hatte Hunger. Am liebsten mochte ich ins Hotel. Einer dieser öffentlichen Busse, von denen hier sehr viele für alle Richtungen standen, würde mich sicher hinbringen.

Plötzlich machte sich auf unangenehme Art bemerkbar, dass ich so unvorbereitet losgezogen war: Ich hatte die Geografie der Gegend nicht im Kopf und der Busfahrer sprach nur türkisch. Musste ich an der Straße die rechte oder die linke Richtung nehmen? Wo lag denn eigentlich mein Hotel? Ich wusste nur, dass Pamukkale zu Denizli gehört. Der Bus dorthin konnte so falsch nicht sein. Als der Bus aber fuhr und fuhr und mein Hotel am Straßenrand nicht erschien, wusste ich Bescheid: Diese Richtung war nicht die richtige. Mein Magen zog sich zusammen. Was jetzt?

Und plötzlich bemerkte ich in mir, was schon ein wenig angeklungen war, was in den letzten Jahrzehnten mit den Kindern gänzlich verlorengegangen ist: Ich bin frei in meiner Tagesgestaltung! Ich muss nicht um achtzehn Uhr daheim sein und Abendessen für die hungrige Meute vorbereitet haben. Es sind keine Hausaufgaben zu überprüfen, keine schlechten Launen aufzumuntern, keine Vokabeln abzufragen, keine Prüfungen vorzubereiten, keine schmutzigen Füße müssen ins Bad gesteckt werden. Wie lange seid ihr, meine Kinder, nun schon aus dem Haus? Immer noch ist mein imaginärer Tagesablauf mit euch verknüpft, die ihr im Pulk aufgewachsen seid. Nun, der Aufwand hat sich gelohnt, wenn ich euch jetzt mit großem Stolz ansehe: Meine Lisa, du bist schon 29, Raffael ist 25, Markus ist 30, Dominik ist 32. Zurecht werdet ihr an dieser Stelle herzlich – oder mit wegwerfender Handbewegung – lachen: *Unser Muttl! Hat immer noch nicht kapiert, dass wir erwachsen sind.*

Doch, dies war einer der Momente, in denen ich mir dessen gewahr wurde: Ich kann machen, was ich will. Ihr glaubt mir nicht? O doch, ich würde es mir beweisen. Ja, ich kann heimkommen, wann ich will. Ich kann den Bus nehmen, den ich will. Ich könnte sogar … mehr fällt mir gar nicht ein, denn mir genügt es bereits, diese Erleichterung zu verspüren: Ich bin nur für mich allein zuständig. Und so beschloss ich in jenem Moment, ganz alleine diese Busfahrt zu genießen und zum Ausruhen zu nutzen.

Nach einer halben Stunde Fahrtzeit kamen wir in Denizli an. Es überfiel mich eine große, lärmende Millionenstadt im türkischen Hinterland, in der ich die einzige Touristin zu sein schien. Busse über

Busse trafen am Busbahnhof ein, andere fuhren ab. Braune, zerfurchte Gesichter, laut sich unterhaltende Menschengruppen, Musliminnen in *Pardösü* und ausladendem Kopftuch neben westlich gekleideten Türkinnen, sie alle wollten von der Arbeit nach Hause fahren. Bis mein Bus zurück nach Pamukkale abfuhr, wollte ich durch die Geschäftsstraße der Stadt kreuzen. Das Münchner Hauptbahnhofsviertel gibt nur eine äußerst entfernte Ahnung vom Leben in dieser Straße! München wirkt gegen Denizli, als ob die Menschen nur flüsterten und auf ausgezirkelten Wegen gingen!

Zurück am Bahnhof kaufte ich mir einen Döner, der sich als der beste je gegessene herausstellte: Er war leicht angewärmt, das Fladenbrot knusprig, das Gemüse frisch und knackig, die Soße so schmackhaft, dass ich mir am liebsten noch einen holen wollte. Doch machte ich mich mal lieber wieder auf die Suche nach dem richtigen Bus. Und das stellte sich als richtig gedacht heraus. Denn von da, wo ich ausgestiegen war, fuhr der Bus natürlich nicht los. Aber von wo dann? Welche der unzähligen Haltestellen war meine? Was machte ich jetzt? Schilder, an denen der Zielort angegeben war – was nützten die mir? Von den angegebenen Orten hatte ich noch nie gehört und sie auch nie gelesen. Ich hatte keine Ahnung, wie die Endstation des richtigen Busses, meines Busses, hieß. Ich stellte die Ein-Wort-Frage: »Pamukkale?« Von dort wüsste ich den Weg, denn die Landschaft ist flach und überschaubar. Doch kein Busfahrer verstand mich. Jeder aber fuchtelte bedeutsam mit den Händen in unterschiedliche Richtungen, mal hierhin und mal dorthin. Also lief ich mal hierhin und mal dorthin, von einem der vielen Busse zum anderen. Meine Hände wurden immer schwitziger, aber nicht von dem warmen Döner! Da stieß ich auf einen Fahrer, der ein klein wenig Englisch sprach. Und er endlich konnte sich vorstellen, was ich mit meiner Frage meinte, und auch ich verstand jetzt das Dilemma: Er sprach das Wort Pamukkale auf eine Weise aus, die wiederum ich zunächst nicht verstanden hatte.

Unterwegs standen immer wieder Fahrgäste, die mitfahren wollten, einfach am Straßenrand und streckten die Hand aus. Es gibt keine festen Haltestellen. Wer aussteigen will, spricht mit dem Busfahrer, und dieser hält exakt an der angesprochenen Stelle auf der festen Strecke. Und da, da musste es sein! Ja, ich erkannte die Gegend. Wie gut, dass das Hotel so auffällige Farben trägt! Mit angespannter Haltung stand ich an der Tür. »*Stopp!*«, rief ich aus. Verwundert sahen die Fahrgäste mich an. Ich habe wohl kein türkisches Wort verwendet. Und schon waren wir vorbeigefahren. Es blieb mir nichts anderes übrig, als mich zu großen, ausladenden Hand- und Armbewegungen zu überwinden. Da hielt er an und ließ mich raus.

Um acht war ich schließlich wieder im Apollon. Und habe mir ein Bad in dem gepriesenen Thermalbad des Hauses verdient. Tatsächlich gibt es neben Whirlpool und Fußsprudelbecken ein großes Hauptbecken, und dieses ist 35 Grad heiß. Eine rötlich sprudelnde Quelle speist es, und aus einer Plakette an der Wand schloss ich, dass es mit 53 Grad ins Becken fließt. Man konnte im Wasser nichts erkennen, so trüb war es, aber mein Körper mochte, einmal eingetaucht, ab sofort nicht mehr hinaus. Nur zwanzig Minuten sei verträglich für den Körper, las ich. Ich dagegen hielt das Thermalwasser nur zehn Minuten lang aus, dafür stieg ich später noch mal und noch mal hinein. Erst zwei Stunden später hatte ich genug und bewegte mich langsam, ganz langsam Richtung Zimmer. Das Glas Wein, das ich mir am Vorabend vorgenommen hatte, im Restaurant einzunehmen und auf das ich mich gefreut hatte, konnte mich nicht mehr locken. Ich tauschte mit Gabriele noch ein paar Tageserlebnisse aus – sie hatte an der Bustour nach Hierapolis und Pamukkale teilgenommen – dann lasen wir noch ein paar Seiten in unseren Büchern. Gabi machte schon bald ihr Licht aus. Ich schrieb noch eine SMS an Peter und dann war auch ich weg, erfüllt von einem wundervollen Tag mit so vielen Erlebnissen für Körper, Geist und Seele, wie ich sie nicht zu erträumen gewagt hätte.

Und damit schließe ich, euer Muttl, das sich unsäglich freut, euch große Kinder zu haben, das also beides hat: den Genuss, euch als Kleinkinder erlebt zu haben, und aktuell den Genuss, auch noch die Welt sehen zu dürfen.

Entschuldigt bitte, dass ich euch immer noch wie in einem Pulk behandle und euch nicht einzeln anschreibe. Stört das jemanden von euch? Ihr habt einen so geringen Altersabstand, ihr seid in einem Knäuel aufgewachsen. Das kann man auch als Vorteil sehen. Ich jedenfalls liebe Knäuel. Wenn man an einem Faden zieht, fängt das ganze Ding zu springen an. Das nenne ich lebendig zu sein!

Euer Muttl

Leben wär das kleinere Übel

Die Dramatik der folgenden Geschichte zwang mich
zu einem Perspektivenwechsel:
Ich bin Rosi.
Peter ist Rosis Mann.
Raffael ist Rosis Sohn.
Katja ist Raffaels Freundin.

Rosi schaute vom Tisch ihres Wohnmobils auf das Meer. Wie gut sie es doch hatte, hier in der Sonne Südfrankreichs! Ihr Mann Peter war ein wenig die Flamingos beobachten gegangen, als das Handy klingelte. Katja rief an, verriet das Display. Die Freundin ihres Sohnes Raffael. Überrascht nahm Rosi an.

»Katja, schön dich zu hören!«

»Ich muss dir was sagen. Raffael ist vor zwei Tagen ins Schwabinger Krankenhaus gekommen. Blinddarmdurchbruch.«

»Ein Durchbruch!« Rosi erschrak. »Er hatte doch

vor ein paar Wochen schon Schmerzen. Ich habe gleich an Blinddarm gedacht, hat er aber nicht ernst genommen. So ist er, mein Sohn!«

»Ja, ich habe die Ärztin geholt, die rief sofort den Notarzt.«

Rosi holte tief Luft.

»Und wie geht es ihm jetzt?«

»Na ja, er hängt am Tropf, ist noch ziemlich schwach.« Der Darminhalt habe sich im gesamten Bauchraum verteilt und eine gefährliche Bauchfellentzündung hervorgerufen, deshalb bekomme er ein Antibiotikum, ergänzte sie. »Aber er ist übern Berg, brauchst dir keine Sorgen machen.«

Sofort heimfahren!, dachte Rosi. *Aber bis ich daheim bin, brauche ich zwei Tage! Mein Sohn ist dreißig und erwachsen.*

Katja ist bei ihm. Trotzdem: Ich will heim!

»Katja, du bist ein Schatz, dass du mir Bescheid sagst«, brachte sie schließlich heraus.

»Brauchst dir keine Sorgen machen«, hatte Katja gesagt. Und doch hörte sie sich so an, als ob sie selbst Trost gebrauchen könnte. Jetzt war sie gefordert, als die Ältere, die Erfahrene, die Mutter von vier Kindern, die Mutter von Raffael, den sie doch ganz genau kennen musste. Katja wollte jetzt ganz bestimmt nicht hören, dass sie überfordert war mit dieser Meldung.

Rosis Stimme geriet ein wenig zu fest bei ihrer Antwort:

»Die haben gute Ärzte im Schwabinger Krankenhaus. So ein Blinddarm ist für die doch Routine.«

»Ja, er ist schon übern Berg«, wiederholte Katja.

Als Peter von seinem Spaziergang zurückkam, erzählte sie sofort in Zeitraffung von dem Unglücksfall – und vermittelte ihm in kurzen Worten ihren Plan.

»Heute Abend schaffen wir es noch bis Lyon, wenn wir sofort losfahren. Wir übernachten auf der Autobahnraststätte. Und morgen früh fahren wir gleich weiter. Am Abend sind wir da.«

Peter verstand sofort. Ohne viele Worte zu machen, bereitete er alles für die Fahrt vor.

Raffael war schwach, aber wohlauf. Er kämpfte mit Schmerzen beim Aufstehen, aber er kämpfte. Und vertraute darauf, dass die Ärzte ihm die besten Antibiotika gegeben hatten und er bald wieder gesund sein würde. Nie zuvor war er krank gewesen. Nur die üblichen Kindersachen und hie und da mal eine Grippe. Die nächsten Tage musste er Spaziergänge machen, um wieder zu Kräften zu kommen. Rosi begleitete ihn. Sie sprachen herzlich und fröhlich miteinander. Und Südfrankreich? Es war schade drum, aber dies hier war Rosi wichtiger.

Vierzehn Tage später schickte Raffael seine Mutter wieder weg.

»Du brauchst nicht neben mir zu sitzen, Muttl. Fahr zurück nach Südfrankreich. Danke, dass du hier warst. Ich schaff das jetzt schon. Ich werd eh bald wieder malen und in die Uni gehen.« Mit dem Verkauf seiner Bilder finanzierte er sein Philosophiestudium.

Vernunft und Gefühl kämpften in Rosi. Tatsächlich hatte sie nur schwer die drei sommerlichen Monate Auszeit von ihrer Arbeit organisieren können. Sollte sie nun daheim sitzen und sich irgendwie beschäftigen, wenn Raffael sie ja doch nicht mehr brauchte? Oder lieber noch mal in die Camargue fahren? Auch wenn sie allein fahren müsste? Peter hatte beschlossen, gleich zu Hause in München zu bleiben, weil er die Sommerhitze im Süden ohnehin nicht gut vertrug. Er würde dafür immer mal wieder nach Raffael sehen, versprach er.

Rosi war wieder am Camargue-Strand, als einige Tage später erneut ein Anruf von Katja kam.

»Raffael ist wieder im Krankenhaus. Er hat eine neue Entzündung. Er hat schon den dritten Antibiotikaschub bekommen. Und nun hat er genug. Er will morgen auf eigene Faust heimkommen und die Antibiotika nicht mehr nehmen.« Katja klang hilflos.

»Selbstheilungskräfte, sagt er. Die Natur macht das alles, sagt er. Er hat sich über die Ärzte sehr geärgert. Der eine meinte das, der andere das. Er ist der Überzeugung, die Natur hat immer schon am besten geholfen. Die Natur reguliert alles, sagt er. Die Tiere wachsen ganz natürlich auf, nur wir Menschen machen so ein Trara. Er hat keinen Bock mehr auf Antibiotika.« Rosi hörte die Verzweiflung in Katjas Stimme. »Vielleicht kannst ja du mit ihm sprechen!«

Wieder war Rosi zwischen Gefühl und Verstand hin und hergerissen. Antibiotika absetzen! Wie sollte denn da die Infektion ausheilen! Das war ja schließlich keine Entzündung am kleinen Finger, und schon daran waren die Menschen früher manchmal gestorben. Dabei war Raffael doch bereits geschwächt! Im Internet hatte sie gelesen, dass zehn Prozent der Peritonitisfälle tödlich verliefen. Zehn Prozent, das sind zehn von hundert, wie nah war da Raffael dran, einer von den zehn zu sein! Ihr Raffael, der Künstler, der Philosophiestudent, der immer alles hinterfragte, seit er auf der Welt war. Oft war sie ihm sogar dafür dankbar gewesen, oft hatte es ihr Spaß gemacht, eingefahrene Lebenskonzepte von einem radikal anderen Standpunkt aus zu sehen. Doch nun fragte er sicher auch, ob man das Leben wirklich um jeden Preis erhalten müsse, ab wann der Preis zu hoch sei. »Antibiotika«, hatte er gesagt, »wir bekommen viel zu viele davon und deshalb wirken die doch oft gar nicht mehr! Der Körper hat von der Natur alles mitbekommen, um sich selbst zu heilen!«

Ist das nicht ein wenig naiv, fragte sich Rosi insgeheim, *wenn es um Leben und Tod geht?* Doch er würde ihre Einwände nicht gelten lassen, das wusste sie.

»Kann man das Leben nicht ganz einfach so lassen«, sagte er, »wie es nun mal ist: als etwas Zerbrechliches, Vergängliches, Fragiles, dessen Zugrundegehen man nun mal hinnehmen muss?«

Rosi bretterte über die Autobahn. Lyon, Bourgen-Bresse, Besançon – auf dieser Strecke regnete es in Strömen, sie war eindeutig weg vom warmen Süden, hier lauerte wieder das feuchtkalte Wetter. Immerhin spülte der Regen ihr den Sand von der Motorhaube. Belfort, Mulhouse, Karlsruhe. Immer noch zweihundertachtzig Kilometer bis München. Sie war müde, konnte schier nicht mehr – setzte sie nicht auch ihr Leben aufs Spiel mit dieser Wahnsinnsfahrt? Das große Auto, die lange Strecke, der Stress, nur nicht zu viel Pause, ankommen, endlich ankommen, nur ja nicht zu spät, sie musste dringend heute noch ankommen und noch mal ihren Raffael sehen, bevor …

Um Mitternacht kam sie in der Wohnung von Katja und Raffael an. Auch Peter war da und nahm sie in die Arme.

»Es geht ihm schlecht«, sagte er nur. »Er ist eingeschlafen, hat hohes Fieber. Geh rein zu ihm.«

Plötzlich spürte Rosi eine Blockade. Sie erinnerte
sich an die Gespräche mit Raffael. Über das Leben
und seinen Wert und Sinn. Ob wir nicht alles über-
bewerteten. Ob es nicht manchmal besser sei, los-
zulassen, hatte Raffael in den Raum gestellt. Unsere
Einflussmöglichkeiten nicht um jeden Preis auszu-
reizen, sondern laufenzulassen, was im Fluss sei.
Das Leben fließe dahin, hatte er gesagt, und es sei
schön. »Ich habe ein schönes Leben gehabt«, hatte er
gesagt. »Vielleicht muss ich dann vieles nicht durch-
machen, wenn ich mein Leben der Natur zurückge-
be.« So hatte er noch vor einem Jahr am Küchentisch gesprochen, ohne ersichtlichen Grund. Es war
zu jenem Zeitpunkt ein Gedankenspiel gewesen.
Rosi wurde übel. Die Anstrengung, all das. Doch
dafür war jetzt keine Zeit. Ihm ging es schlecht. Es
bestand Lebensgefahr. So eine Entzündung, die wü-
tete im Körper, der musste man doch Einhalt gebie-
ten, bevor … Doch Ärzte und ihr Halbwissen nerv-
ten ihren Sohn, ihnen wollte er nicht mehr folgen,
so hatte er am Telefon geredet. Was gab es denn für
Alternativen?

Auch die Tipps von Bekannten wollte er nicht
mehr hören: Ich weiß da einen Promi-Arzt! Und:
Geh doch mal zu meinem Homöopathen, der ist

super. Und: Du musst dir unbedingt eine zweite Meinung vom Spezialisten holen. Und: Mir hat in einer ähnlichen Situation ein Schamane geholfen. Oder: Hühnerbrühe! Iss viel Hühnerbrühe, die hat antibakterielle Wirkung, hat schon meine Großmutter gekocht, wenn ich die Grippe hatte.

Raffael lehne inzwischen alles ab, hatte Katja ihr erzählt. »Ich höre auf meinen Körper«, antworte er nur noch. »Der weiß, was er braucht. Ich esse, worauf ich Appetit habe. Ich bewege mich so, dass ich keine Schmerzen habe. Mein Körper kennt sich mit sich besser aus als alle Ärzte der Welt.«

Und nun stand Rosi da, mit Peter. »Es geht ihm schlecht«, hatte er gerade gesagt. Rosi stürzte in Raffaels Zimmer. Erschrak vor seinem abgemagerten Gesicht. Sie strich ihrem Sohn über die heißen Wangen, fühlte die Stirn, nahm seine knochige Hand. »Ich bin da«, sagte sie leise und spürte dabei Tränen hochsteigen.

Er sei Herr seines Lebens, hatte er vor einem Jahr in einer Diskussion gesagt. Er wisse und bestimme selbst, was er wolle. Viel zu viel würden die Menschen Einfluss nehmen wollen auf das Leben der anderen. Es gehe niemanden etwas an, wie er denke und handle, denn er gefährde ja niemanden außer sich selbst.

Doch nun saß er nicht mehr bei voller Gesundheit am Küchentisch. Nun ging es tatsächlich um Leben und Tod. Und um Rosis Angst, ja, ihre eigene, schreckliche Angst. Ja, sie war nun betroffen. Sie spürte, sie musste etwas tun, um selbst mit der Situation klarzukommen. Nichts zu tun, einfach nichts zu tun, das war fürchterlich, das würde sie keine Sekunde länger aushalten! Sie musste dringend einen Arzt sprechen.

Ja, sie würde sich einmischen. Sie war Rosi, die Mutter, die ihren Raffael schrecklich lieb hatte. Die nicht würde leben können mit dem Gedanken, sie hätte nicht alles getan, was in ihren Kräften stand. Ja, eine heftige Einmischung in sein Leben war das. Aber ging es nicht auch um sie und um Katja? Wie dachte denn sie? Es ging um den Rest der Familie, um die anderen Menschen, wie konnte man denn damit leben, dass man Raffael in seinem Glauben an irgendwelche Märchen gelassen hatte, mitten in der Großstadt, quasi in unmittelbarer Nachbarschaft zu einem guten Krankenhaus?

Sie wollte nur noch machen, handeln, etwas tun, der schrecklichen Angst entgegenwirken, endlich etwas unternehmen, den besten Arzt, ja, –

Durfte sie ihren Raffael hindern? Sein Leben erhalten um jeden Preis, wenn er das gar nicht wollte? Ihre Generation hatte sich noch mit einem menschenverachtenden politischen System auseinanderzusetzen gehabt. Durfte sie ihm nun die Regeln ihrer Generation aufzwingen, sie, die hineingewachsen war in die Anschauung: Die Medizin wird dein Leben erhalten, koste es, was es wolle. War sie, nur weil sie damals seine Mutter geworden war, nun berechtigt, Raffael als Erwachsenem das Leben überzustülpen, das er so gar nicht wollte?

Aber vielleicht wäre er ihr in ein paar Jahren sogar dankbar dafür, dass sie sich eingemischt hatte? Und würde sie nicht selber zugrunde gehen an der Schuld, nichts unternommen zu haben, um ihn zu retten, mit welchen Mitteln auch immer?

Peter und Katja waren hinzugekommen. Sie sahen sie an, aber Rosi sagte nichts. Sie kannten die Gespräche nicht, die Rosi mit Raffael geführt hatte. Peter war nicht sein Vater, dieser war schon vor ein paar Jahren an einer schweren Krankheit gestorben. Inzwischen war es zwei Uhr nachts. Rosi war unendlich müde von der langen Fahrt. Peter half Katja, die Schlafcouch aufzuklappen und das Bett herzurichten. Dann siegte die Müdigkeit über Rosis Gedankenkarussell.

Als sie am Morgen aufwachte, hörte sie Katja in der Küche ein Liedchen summen.

»Gibt es Neues von Raffael?«

»Stell dir vor, er hatte Lust auf Müsli! Und er bat

mich, Pinsel und Malpalette zu bringen. Ohne die kann er doch nicht leben!« Ihre Augen sprühten vor Leben. Dann lagen sich die beiden Frauen in den Armen. Noch nie war ihre Umarmung so innig gewesen wie in diesem Moment.

Nachher

Wenn eine eine Reise tut, hat sie was zu erzählen – das alte Zitat, das wir in der männlichen Form kennen, stimmt natürlich auch für Frauen. Erst recht für ein Muttl, wie die Kinder ihr Mütterchen liebevoll-nachsichtig nennen, das sich mit seinen erwachsenen Kindern aus seiner Komfortzone hinauswagt. Und dabei lernt Muttl einiges. Die Komfortzone zu verlassen, heißt in dieser Konstellation nicht nur, bisher unbesehene Länder und Städte zu bereisen, sondern vor allem: das Kind in seiner erwachsenen Form neu zu entdecken und einen neuen Umgang mit ihm zu finden. Oh, dabei kann man einiges falsch machen!

Ich habe in diesem Erzählband in fünf Geschichten prägnante Erlebnisse beschrieben. Ich habe die Kinder gefragt, ob sie damit einverstanden wären, wenn ich diese Geschichten so schriebe, wie sie sich hätten ereignen können.

»Na gut«, sagten Dominik, Markus, Lisa und Raffael (diesmal in der Reihenfolge ihres Alters, beim Ältesten beginnend) verschmitzt, »wenn sie so hätten sein können, dann heißt das ja nicht, dass sie genau so geschehen sind.«

Und damit sind sie fein raus.

Danke ...

... lieber Raffael, dass du mir erlaubt hast, so zu tun, als handelten die Geschichten von dir.

... liebe Lisa, lieber Dominik, lieber Markus (heute mal die Dame zuerst!), dass ihr euch in Gefährten auf meiner Lebensreise habt verwandeln lassen.

... lieber Markus, lieber Dominik, liebe Lisa (diesmal in beliebiger Reihenfolge), dass ihr es aushaltet, euren Jüngsten in diesem Buch die Hauptrolle spielen zu lassen, falls er denn überhaupt mitgespielt hat.

... dass es euch gibt, euch vier, ja, danke! Ihr wisst schon, wofür: Meine Lebensreise wäre ohne eure bereichernde Zugabe stinklangweilig verlaufen.

Ihr lieben Mamas, Muttls, Mütter, Leser:innen ...,

es ist ein Kraftakt, den niemand missen möchte: seine Kinder großzuziehen. Das bedeutet jahrzehntelange Baustelle, und die Jahrzehnte hören nicht damit auf, dass die Kinder aus dem Haus sind. Und dennoch!

Oft verlassen wir Mütter uns in schwierigen Situationen auf unsere Gefühle, auf was sonst, wenn das Leben gerade nicht geradlinig verläuft? Doch je älter die Kinder werden, desto weniger wollen sie unsere Gefühle hören. Aber was dann? Argumente können sie doch in Philosophiebüchern selber nachlesen, dafür brauchen sie nicht uns.

Ich habe mich als ihr Muttl bemüht, immer schön bemüht (das ist Schulnote drei ...), alles »richtig« zu machen. Auch in meiner und ihrer schwierigsten Lebenssituation: der Scheidung ihrer Eltern, die alles andere als glatt verlief und nach der ich mich irgendwie als Alleinerziehende fühlte.

Wie geht es euch mit euren Kindern?

Wenn ich euch, liebe Mamas, mit meinen Geschichten ein wenig Mut als Mütter-Komplizin vermitteln oder ein verstehendes Lächeln auf die Lippen zaubern konnte, bin ich glücklich. Wenn ihr sagt: Wenn sie das geschafft hat, schaffe ich das auch.

Schreibt mir eure Eindrücke, Erkenntnisse und Erfahrungen – aus diesem Buch und aus eurem Leben mit Kindern. Wie werdet ihr von euren Kindern genannt? Auf meinen Kanälen könnt ihr mich kontaktieren und weitere Infos zu meinen (Lebens-) Reisen finden:

www.irmgardrosina.de
Instagram
Facebook
Twitter
YouTube

*Meine Mutter hatte einen Haufen
Ärger mit mir, aber ich glaube,
sie hat es genossen.*
MARK TWAIN

Von

IRMGARD ROSINA BAUER

sind bereits erschienen:

Dieses Buch ist ein Brief an Marieke, eine Bekanntschaft aus Hamburg. Und eine Hommage an die Berge, trotz all ihrer Gefahren und Unwägbarkeiten, die es da zu bewältigen gilt. Ein Buch für alle, die eine Sehnsucht nach den Bergen verspüren – oder dies selbst noch gar nicht wissen. Ein Mutmacher, aufzubrechen und das Abenteuer »Alpen« – oder »Leben«? – zu wagen.

Zusammen mit Isa erfüllt sich die Autorin einen Herzenswunsch: eine mehrtägige Tour durch die mächtigen Lechtaler Hochalpen mit ihren gewaltigen Gipfeln zu unternehmen, inklusive Übernachtung auf hochgelegenen Hütten. Natürlich ohne Supermarkt auf dem Weg. Marieke wohnt in Hamburg und möchte so gerne auch einmal in die Hochalpen. Ob sie sich von den Erlebnissen – mit all ihren Freuden und Ängsten – der beiden Münchnerinnen abschrecken lässt oder erst recht Lust auf Bergluft bekommt?

IRMGARD ROSINA BAUER

Alpen
für
Marieke

ZWEI MÜNCHNERINNEN
ZIEHEN ALLEINE DURCH
DIE HOCHALPEN

Band I aus Rosis Reiseerzählungen

BoD – Books on Demand, Norderstedt
ISBN 978-3-7543-0080-0 (Taschenbuch)
ISBN 978-3-7543-0080-6 (E-Book)

»Ich liebe die Berge. Dass das so ist, wusste ich nicht immer. Und überhaupt wusste ich nicht viel darüber, was ich liebe und was nicht. Das Leben kam über mich, ungefiltert, jahrzehntelang sagte ich zu allem Ja, und es war irgendwie in Ordnung so – bis ich durch einen Burn-out ausgebremst wurde. So also ging es nicht mehr weiter, aber wie dann?«

Rosi ist zweiundfünfzig. In den vergangenen drei Jahrzehnten hat sie vier Kinder großgezogen und ihrem Mann in seinem Delikatessen-Laden geholfen. Da war keine Zeit, um sich mit sich selbst und den eigenen Bedürfnissen zu beschäftigen. Nun erfüllt sie sich einen alten Wunsch und zieht alleine los nach Südfrankreich. Mit Merkür, ihrem Mini-Van, mit viel Angst vor ihrer eigenen Spontaneität und mit wenig Geld: Nur zehn Euro will sie pro Tag ausgeben. Während sie dabei öfter an ihre Grenzen stößt, gewährt sie ihrer Abenteuerlust freie Wildbahn und kann viele ihrer Ängste erkennen und relativieren; und ganz nebenbei ihr altes Leben abstreifen. Ihr schlechter Orientierungssinn ist dabei nur eines von vielen Hindernissen auf ihrer andauernden Suche nach optimalen Verhältnissen.

IRMGARD ROSINA BAUER

Und sonst nichts

REISEROMAN

Reiseroman – nach Südfrankreich und nach innen

BoD – Books on Demand, Norderstedt 2020, 320 Seiten
ISBN 978-3-7504-8051-3 (Taschenbuch)
ISBN 978-3-7504-8051-6 (E-Book)

Sophie alias Susanne alias S. ist gefangen in ihren Prinzipien: Ein Macho darf ein Macho sein und eine Ehe muss man um jeden Preis aufrechterhalten. Zumal Sophie mit ihrem Mann vier Kinder hat und Scheidungen »damals« noch nicht so üblich waren wie heute.

Die verschiedenen Frauenrollen in den Geschichten einer einzigen Frau lassen über Jahrzehnte tief in ihr Herz sehen. Ihr gemeinsames Ziel heißt, einmal sagen zu können: Ich liebe mein Leben.

Auf ihrem Kurs dorthin erringt Sophie alias Susanne alias S. neue Freiheiten und fällt doch immer wieder zurück. Sie sucht nach Anerkennung und erleidet darüber einen Burn-out. Sie will heraus aus ihrer Opferrolle, doch der Weg dahin ist weit ...

»Das Leben könnte so schwer sein« ist eine packende Lebensgeschichte in dreizehneinhalb meist wahren Geschichten.

Irmgard Rosina Bauer

Das Leben könnte so **schwer** sein

Roman

in dreizehneinhalb Geschichten

● tredition®

Roman in dreizehneinhalb Geschichten

tredition Verlag, Hamburg 2016, 153 Seiten
ISBN 978-3-7345-7098-8 (Taschenbuch)
ISBN 978-3-7345-7098-0 (E-Book)

Weitere Erzählungen ...

… habe ich in Bearbeitung. Ob als Reisende durch die wirkliche Welt oder durch die hellen und dunklen Landschaften des Daseins – es bleibt spannend in meinem Leben!

Besucht meine Website und folgt mir in den sozialen Medien. Dort informiere ich euch gerne über den jeweiligen Stand neuer Projekte.
Eure
Irmgard Rosina Bauer

www.irmgardrosina.de
Instagram
Facebook
Twitter
YouTube